虹の架け橋

葵 秀次
Shuji Aoi

三和書籍

虹の架け橋　目次

第一章　韓牛カルビの危機

三塚拓也はＫＡＬ五一便のビジネスシートで、韓国でのスケジュールをチェックしていた。韓国には二時間から三時間で到着するが、少しの時間も無駄にはできない。

三塚は、日本の大手エネルギー会社の海外営業部長を務めている。国内の顧客に海外のビジネス案件を紹介したり、プロジェクトのプロモートやサイトへ案内役をしたりするのが主な仕事だが、ここ二十年程は、アジア、ヨーロッパを中心にビジネス展開を行ってきた。若い時ならともかく五十歳にもなると結構きつい、と最近思う。しかし三塚の会社生活も三十年近くなり、出世競争もだいたい目処がついて来た。だいたい同期入社のメンバーで部長になれるのが一〇％で後は課長どまり、というのがこの会社の実態だが、すでに三塚はトップグループで部長になり、今後はおそらく役員になれるだろうと踏んでいる。

三塚は団塊世代の始めである一九四七年に東京の目白で生まれた。両親は関西の出身だが、父親は東京の製粉会社に勤務したため、若いうちから関西を離れていた。母親は神戸の芦屋で育ったが、父との結婚を機に東京での生活を始めた。

三塚には年の離れた二人の兄がいる。それぞれ家庭を持っていて、長兄夫婦は母親と目白で同居している。父親は三塚が大学生の時に癌で亡くなっていた。学生時代の三塚は、兄達に迷惑をかけないよう、家庭教師を掛け持ちしたり、様々なアルバイトに精を出したものだった。そして四年の夏には、無事、エネルギー会社への就職が内定した。

妻の美穂子とは、大学に行くバスで出会った。彼女は仙台の出身だが、学校を卒業し、商業デザイナーの叔父を頼って東京に出てきていた。たまたま利用するバス停が同じで、何度か会ううちに三塚が学園祭に誘ったのが、交際のきっかけだった。三年ほどのち、二人は結婚した。

そして今は、社会人となった二人の娘と、足立区のマンションで暮らしている。

このところ滅茶苦茶に忙しい日々を送っていて、家族サービスは当分お預けになっているが、妻も娘達も特段、文句も言わない。いつかは借りを返さなければ思う。

スケジュール表をめくりながら、三塚はふっと小さくため息をついた。そこには今晩の具玉子女史とのミーティングと夕食会を始めとし、明日のソウル市内のごみ清掃事情と現場視察等々がぎっしりと書き込まれていた。四日間のヘヴィな日程だ。

一カ月ぶりの金浦《キンポ》空港に到着すると、いつものように韓国特有のキムチ風の匂いが漂う。チェックアウトを済ませてゲートに出ると、ソウル食物公社の呉社長以下が出迎えた。呉社長は具玉子女史の甥にあたる人物だ。一行はさっそく空港から車で市内に向った。

車で一時間ほど走ると、聖水大橋《ソンス・テーキョー》が左手に見える。この橋は以前、真ん中が突然抜け落ちて、通行中の車が河にダイブし、何人もの犠牲者が出た。工事の手抜きとも経年劣化とも言われており、政府は他の橋も含めて総点検を指示した。

車の渋滞がひどくなり、クラクションの音はうるさいが、お互い様なのか大声を出している運転手はいない。やっとソウル食物公社にたどり着くと、具女史が入り口で待っていた。

具女史は韓国の大物の一人で、金大統領と金鐘必首相との仲を取り持ったこともあり、政界、財界に隠然たる力を持っている。七十歳になろうかという今も、アジア太平洋女性アカデミー韓国代表、韓牛カルビ活性化委員会会長、日韓キムチ統一化委員会韓国代表等々を務める、大変なオバさんである。

経済が疲弊して苦労が多いのか、前回会った時よりも白髪が増えたような気がしたが、クリムソンカラーのツーピースをシックにきめ、髪はアップにしてバンドで頭上に結ぶという、馴染みのあるスタイルで三塚と握手を交わした。

そして具女史は挨拶もそこそこにこう切り出した。

「三塚さん、韓国経済はボロボロで大変ですよ。対策が急がれています。その流れで、私は政府からいくつかの仕事を預かっていますが、そのひとつが韓国焼き肉経済の早急な立て直しです。そこで三塚さんのお力をぜひお借りしたいと思って、お呼び立ていたしました」。

この年九七年は、アジアの通貨危機がインドネシア、タイに始まり、この韓国も大変な時期のまっただ中にあった。通貨危機でIMFによる統制が厳しくなり、いわば政府をコントロールするIMF体制下になっていた。経済と財政を立て直すために、韓国が実行しようとする外貨の使い道にもいちいち口を出す。

日本は国の借金が六〇〇兆円もあるというが、別に外国から金を借りているわけではなく、国内の資産は回っているので、円のレートが半分になったとしても返す金が倍になるわけではない。しかし、韓国を始め東南アジア諸国は海外からの借金でまかなっているので、自国の通貨価値が落ちればその分、苦しくなる。そのため、韓国民が率先して自らの資産、例えば貴金属とか財産を拠出して国を助けようという動きも出てきているのだった。

彼女の話によれば、韓国の物作りは競争力をつけてグローバル市場で戦っているが、そうした中で食品業界については消えてしまう怖れがあるという。これまでは、食品の中でも焼き肉商売は全体の三割を占めており、中でも韓牛カルビは輸入牛の二・五倍の付加価値を生んで来た。韓牛とは日本で言えば神戸牛や松坂牛のような高級ブランド牛で、日本人を始めとする観光客に人気があり、落とされる外貨は貴重な収入源になっている。しかし、外貨が制限されて海外から肥料、飼料が買えなくなり、韓牛が痩せて高級カルビが市場に出回らなくなってきた。そこで、国内でレストランやスーパー、さらに家庭から出る食品残さ、日切れ食品、加工残さを、日本の技術やノウハウで肥料、飼料にできないか、という話が持ち上がり、それを三塚に頼みたいということであるらしかった。

さらに聞けば実は、韓国でもこの問題の解決に名乗りを挙げた財閥系の企業もあったという。そして一年前に米国の大手エンジニアリング会社とジョイントして蘭芝島《ナンジドウ》の河口にプラントを作ったのだが、見事に失敗して国と訴訟問題に発展していた。米国のエンジニアリング会社は生ゴミの組成、条件等が請け負った仕様と違い過ぎると主張し、韓国財閥系の責任に転嫁して、早々に手を引いてしまった。その後、裁判で韓国の財閥系が敗訴して六七〇億ウォンの賠償命令が出されたのだという。

原因はどうやら生ごみの性状にあるらしい。韓国の食生活ではキムチや味噌、料理に調味料として、多くの塩が使われている。つまり好塩食文化なのだ。生ゴミの組成を見てみると日本の一・三倍もの塩分を含んでいるため、そのまま肥料、飼料にすると土や牛そのものへの塩害が懸念される。さらに、分別の不徹底も大きな問題となっていた。

三塚は具女史の話を聞いているうち、これはとんでもない難問で、そう簡単にことは進まない、と思った。が、ともかく二時間ほどのディスカッションを行い、今後のプログラムをまとめたあと、皆でその問題の焼き肉を食べに行くことにした。

場所は、プロジェクトに失敗した残骸が放置してあるところの近くで、丘の上に昔からある老舗の韓牛焼き肉レストランということだった。

具女史は多分、日本語も分かるはずだが、通訳を介して三塚との会話ははずんだ。運んできたカルビに女史が器用に鋏を入れていく。運ばれてくる料理は四人ではとても食べられないほどで、これでは半分以上の食べ残しが出るのもいたしかたないと思われた。そして味付けとして、やはり塩がふんだんに入っている。

食事もだいぶ進み、三塚がちびりちびりと地元の焼酎を飲んでいると、具女史が今度は片言の日本語で話し出した。

「三塚さん、この場所は五〇〇年前に、秀吉軍の大将の一人である加藤清正が、河口から攻めてきた時、村人が団結して石で応戦した所です。そして多くの村人が傷つき死んでいきました。この丘の上に石碑がありますので、あとで車で寄って行きませんか」。

ほろ酔い加減のところに、いきなり五〇〇年も前の話を持ち出され、三塚は鼻白んだ。しかし、具女史はかまわず続けた。

「秀吉、清正と伊藤博文は、韓国では日本との暗い歴史の中での人物です。今、なぜ三塚さんにこんな話をと思われるかもしれませんが、私は最近の日本の行動や過去を歪曲する言動は、韓日の友好関係を崩すことになりはしないかと心配しているんです」。

三塚は黙って女史の言うことを聞いていた。しかし三塚自身は、秀吉、清正と伊藤博文を同罪視するのはいかがなものかと思っていた。

日韓併合は両国合意の上でなされたものではなかったか。併合に慎重だった当時の日本政府は、英米独仏伊といった列強を始め、ロシアや韓国の宗主国である清国など、当時の国際社会の了解と支持のもとに条約を結んだのだ。併合後の韓国に対しても、日本は内地の税金を上げてまでもその基盤整備に当ててきた。そして総督として伊藤が赴任したのだ。もちろん韓国の人々にとっては遺憾であったろう。日本に対して反発や敵愾心を持つことは理解できるが、この併合は日本にとっても遺憾なことであった。日本が併合しなければほぼ一〇〇%の確率で、韓国はロシア領になっていただろう。それは我が国にとって致命的なことであった。そして伊藤を安重根が暗殺した。

しばしの沈黙が流れたのち、具女史が再び口を開いた。

「先ほどの話に戻しますと、いま食している韓牛も質が落ちているのです。ですから、なんとしても韓牛を助けてもらいたいのです。三塚さんが力を貸してくれて、問題を解決していただけたなら、私はあなたの銅像をこの地に立ててもいいと思っています」。

三塚は具女史の言葉の真意を計りかねた。しかし誠意を持って答えた。

「具先生、私は銅像などに興味はありませんが、明日からの現地視察で、できるだけの情報をお伝えするとともに、制度面でのアドバイスをいたしましょう。そして日本に帰ってから商社、エンジン会社、メーカーとのベストな枠組みを作ってまた来韓します」。


その後、具女史に送られて宿舎のロッテワールドホテルに着いた。時間は夜の十一時を回っていたが、なにか重い荷物を背負わされたようで、そのままでは眠れそうもなかった。

一度は部屋に戻ってはみたが、思い直してホテル内にあるバーで飲むことにした。バーは三組程度の外人客がいたが、三塚はスタンドの端に座り、シーバスのオンザロックを注文した。三塚の姿を見つけて、バーのオーナーでもあるママの李愛子が寄ってきた。

愛子とは十数年も前からの知り合いで、愛子は三塚が来るのをいつも楽しみにしているし、三塚も彼女と会うと気持ちが安らぐのであった。韓国をプライベートで訪れることはまずないが、仕事で来る際にはいつもここに立ち寄る。しかしスケジュールも立て込んでおり、本当は明日以降に訪ねるつもりだった。

「三塚さん、いつ韓国にいらしたのですか？　今日から何日こちらにいらっしゃるのですか？」。

愛子は口早に話しかけてきた。

「こんばんは、愛子さん。こちらには先ほど着いたところなんですよ。一カ月ぶりですが、お元気でしたか？」。

三塚は微笑みながら尋ねた。

「えぇ、元気です。三塚さんはお元気でしたか？　先月いらした時もあまりお話できませんでしたね。今回もお忙しいのですか？　久しぶりにゆっくりお話したいのですけれど」。

愛子はやや性急に重ねた。

「残念ながら、相変わらずハードなスケジュールです。今回は具玉子女史とのミーティングがあって来たんですがね。愛子さんは、具玉子女史のことはご存じですか？」。

「えぇ。政府の偉い方の政策秘書で、金庫番だったという話ですけれど、本妻が亡くなられてからはさらに力をつけて、今では韓国を代表する女傑の一人といわれている方ですよね。でも彼女と三塚さんがなんで繋がっていらっしゃるんですか？」。

「実は今、韓国は経済がガタガタで、焼き肉商売の建て直しに、彼女が旗振りを政府から頼まれたんだそうです。それを僕に何とかして欲しいというわけでしてね。だから明日も、彼女と何軒かの焼き肉レストランの厨房と、ゴミの清掃工場を回らなくてはならないんですよ」。

愛子は残念そうな顔をした。

「でも夜にはここに戻っていらっしゃるんでしょう？　でしたらお待ちしていますから」。

「分かりました。では、明日、早いので部屋に戻ります。おやすみなさい」。

三塚は精算を済ませ、そして出口まで送ってくれた愛子に、別れ際、小さな箱を手渡した。

「これを私に？　開けてもいいですか？」。

三塚が頷くと、愛子は包みを丁寧に開けた。そしてビロードの袋からイヤリングを取り出した。それはプラチナを基調として、淡いブルーの小さなサファイヤをあしらったもので、まだ韓国では出回っていない品だった。

「これ高いのでしょう？　こんなのいただいたら三塚さんになにでお返ししたらいいのかしら」。

「いや、これはずっと昔からの約束の贈りものですよ。それでは」。

愛子は三塚の顔をじっと見つめた。

三塚は自分の部屋に戻って明日の準備をし、シャワーを軽く浴びてベッドに入った。眠りはすぐに訪れた。

翌日、八時に具女史他とホテルを出たが、もう通勤の車でラッシュが始まっていた。最初はソウル市の南東にあるゴミの清掃工場に向かった。

ごみの処理は各国の経済事情とポリシーによって違っている。三塚の調査によれば国のＧＤＰと処理方法には相関関係があった。また、国土の広さでも異なる。

一般的にＧＤＰの低い国は分別せずに集めてきたゴミをそのまま積み上げるか埋め立ててしまう。ＧＤＰが中ぐらいの国は分別をし、資源を回収して残りを埋め立てる。韓国のようにＧＤＰが一万ドルを超えると、日本と同じように清掃工場で焼却処分をしていく。もっとも、先進国の中でも国土の広い米国や一部のヨーロッパでは埋め立てが主流である。焼却によるダイオキシンの問題から、ポリシーとして焼却を抑えている国もある。

韓河沿いに車で一時間ほど走ると高い煙突が見えてきた。ごみ車の搬入とは別の入り口から入ると、工場長が出迎えていた。この清掃所はソウル市の管轄で、最近稼動を始めた大型の焼却場だという。工場長も市の職員だ。

臭いはそれほどきつくないが、飛行場と同じく日本の臭いとはどこか違う。

全工場長は具女史に最敬礼した上で、三塚と向き合った。

「三塚先生のお名前は具先生から伺っております。具先生から工場のすべてを三塚さんにお見せするように言われておりますので、これまでのトラブルや必要なデータ、そして困っていることを率直に申し上げたうえで、アドバイスを預ければと思います」。

全工場長は丁重な挨拶をした。

「私は清掃工場の専門家ではありませんが、世界のごみ処理事情については仕事柄さんざん見てきておりますので、多少ともお役に立てるのではないかと思っています。ただし、今日の目的はゴミの性状や収集方式の視察が中心となりますので、その点はお含みおきください」。

三塚も誠意を込めてそう答えた。

お互いの挨拶が終わると、全工場長はさっそくサイト内を案内しながら、説明を加えていった。

「ここは三〇〇トン処理の炉が三基あり、ソウル市の中央部、並びに北東部と周辺の市町村からのごみを有料で受け入れております。ごみの内、生ごみが約四割と一番多く、その他は紙類、木材、汚泥等ですが、分別がうまくいっていないためベッドや金属類も入ってきてしまいます。稼動してまもなく、密輸品と思われる大量のゴルフセットが毛布に包まれて入ってきて、チタンヘッドのドライバーが破砕機を壊してしまったことがありました。洒落じゃありませんが本当に頭《ココ》、ヘッドにきました。また、プロパンボンベが持ち込まれて爆発火災を起こしそうになったこともあります。収集は市民の協力が前提ですし、不法な持ち込みも頭の痛い問題です」。

そしてさらに、韓国の生ごみは塩分が多いので、ダイオキシンの発生量が問題で、特別の対策を取らなければならないと考えている、と続けた。

次に向かったのは、昨日は時間がなく見学できなかった、韓国企業が失敗した残骸が放置してある場所だった。処理場が停止してから既に一年が経過して、ごみが土とサンドイッチ状に高く積み上げられている。それは高さ一五メートル、幅二十メートルで、長さは三〇〇メートルにも及び、古代の大古墳を思い出させる。その年、大型の台風が上陸した折り、この古墳（？）が崩れ、河に大量の土さ混じりのごみが流れ込んで大騒ぎになったこともあったという。当局は、責任の所在について政治のレベルでも議論されたのだが、責任のなすり合いで一向に埒があかず、いまだにグロテスクな姿を晒しているということだった。

「これは責任のなすり合いで済ます代物ではありません。まず、積み上げたごみの山をサルベージ船でもなんでもいいから、早急に運び出すことです。そしてしかるべきサイトで土さとゴミをふるいにかけて、ごみは焼却炉で処理するか、さもなければそのままセメントキルンで処理すべきです。このままですと、また同じような災害が襲ってきます。また衛生的も問題ですし、第一、観光面でもマイナスですよ」。

三塚は具女史にそうアドバイスした。具女史は自分の携帯電話を取り出し、官邸秘書官に三塚が言ったことを伝えた。

その間、三塚は、生ごみ処理機のトップメーカーである三国重工の中村常務と、韓国に強い三友商事のソウル支店長である石川に電話をしておいた。

昼食の時間がきたので、焼き肉レストランに行くと、いつもは混み合う店だというのに閑散としている。理由は市民の懐具合だけではなさそうだ。店の支配人に聞くと心配していたとおりの答えが返ってきた。

支配人によれば、やはりこの頃、韓牛が市場に出回りにくくなっており、価格も上がっているという。しかも、力のある財閥系レストランが韓牛の買い占めに走っているので、一般の街場のレストランまで商品が回ってこないらしい。仕方なく輸入物の材料でまかなっているのだが、それがまた客の不評をかっているという悪循環に陥っていた。

「とにかく、早くなんとかしてもらわないと、店を閉めるしかありません。本当に深刻な事態です」。

支配人はそう言ってためいきをついた。

三塚はことの重大さを改めて認識すると同時に、猛然とファイトが沸いてくるのを感じた。

その後、一同が席に着き、食事を始めると、具女史はまたしても唐突に、三塚に自分の身の上話をし始めた。

「三塚さん、私の姉は日本人なんですよ」。

三塚は面くらった。

「どういうことかよく解りませんが」。

具女史は静かに続けた。

「第二次世界大戦の末期に兄は日本兵として招集され、十九年の五月に戦地に駆り出されました。そしてビルマからインドシナの戦線で二等兵として戦ったのです。幸いその後、生きて終戦を迎えることができたのですが、兄は故郷に戻らずに日本に行きました。兄と同じように故郷に帰らなかった人達も多かったと聞いています。

そして日本の女性と一緒になったのですが、兄は戦地で負傷した傷がなかなか良くならず、仕事にもこと欠いたそうで、結局、妻である義理の姉が、廃品回収で生計を立てていたようです。その間、連絡もずっと途絶えていましたが、十五年ぐらい経ってから在日韓国人のネットワークで兄の実家が分かったようで、妹の私あてに一通の手紙と兄の家族写真が送られてきました」。

そう言って、具女史はハンドバックからその写真を取り出し、三塚に見せた。写真はモノクロで、長い歳月が経っているためセピア色になっており、所々はぼやけていたが、義姉の顔ははっきりと分かる。具女史の話では、兄は肺炎がもとで亡くなったが、義姉は今、七五歳で上野のコリアン街に住んでおり、息子夫婦と一緒に韓国物産店を開いているという。義姉は電話で、足が少々不自由な他は元気で店番をしており、また息子はコリアン街の世話役と、日韓キムチ統一委員会の日本側の副委員長を務めている、と語ったらしい。

具女史が韓国側の日韓キムチ統一委員会の委員長であることは、甥との不思議な因縁だった。近々開催される第七回目の合同委員会に甥も出席するという知らせがあり、ソウルでの再会を楽しみにしているということであった。

三塚は、具女史の兄が日本兵として戦地に赴き、餓えや地雷、戦火の恐怖の中で敵と戦い、その後祖国に一度も帰ることなく死んでいった心中を思うと、やり切れなさを感じた。

「兄は、私に宛てた手紙の中で、兄として母や妹に何もしてやれないばかりでなく、日本兵として戦ったことで家族が周りから冷たい目で見られているのではないか、と心配していました。そして、一度は祖国に戻りたいとは思うけれども、心の整理がつかない、生涯、踏ん切りがつかないかもしれない、できれば玉子一人でも日本に来てくれないか、幸い商売のほうも軌道に乗ってきたしいろいろと案内したい、とも書いていました」。

そう言って、具女史はハンカチでそっと涙をぬぐった。そして兄から具女史にあてて三〇〇万円の送金があったと、ひっそりとつけ加えた。

その後、十年余りして兄の訃報が甥の具良雄から届いた。玉子は初めて来日を決心し、甥が同封して来た地図を頼りに、兄の葬儀に参列することにした。時代は韓国がいまだ戒厳令の最中にあった八五年の夏で、国内では夜の外出が禁止されている状況にあった。

　戒厳令と聞いても、今の若者たちはピンとこないかも知れないが、韓国では比較的最近まで、戒厳令が敷かれていた時代があった。まずは六一年に当時の朴少将が、クーデターで大統領に就任すると同時に戒厳令を宣布した。朴大統領も七九年に当時の側近である中央政府部長の金に暗殺された。そして朴大統領の死後の空白期に、暗殺事件の捜査を進めていた国軍保安司令官の全斗換《チョンドファン》がまたまた軍事クーデターを起こして政権についた。そして戒厳令はそのまま継承され、国内の治安維持と、北の脅威に対する国民の団結を訴えたのだった。その後、戒厳令は民主化宣言の出される盧大統領の時代まで続いた。

　そして具女史は、日本での義理の姉と甥との初めての対面、死んだ兄のことなどについてぽつぽつと語った。三塚は、激動の時代を乗り越えてきた具女史の生様を聞きながら、昔の哲学者が言った言葉を思い出していた。

（幸せな家庭は似たようなものだが、不幸な家庭はそれぞれ違った過去を背負っている）。


　そうこうしているうちに食事も終わり、店を出た。次の予定は、具女史が委員長を務めるカルビ活性化委員会の幹部との打ち合せだった。

青瓦台《チョンワデ》の側にあるビルに行くと、政府系の機関がいくつか入っているフロアーの四階に、委員会は事務所を構えていた。先方は政策担当の韓常務理事、技術担当の鮮部長、広報担当で女性の鄭課長、若い通訳の全氏の四人で、三塚たちを待っていた。

具女史は四人に三塚とのこれまでの経緯を説明するとともに、委員会から三塚に韓国の生ごみの実状と、処理の現状を報告するように求めた。

資料をもとに韓常務理事から詳細な説明がなされ、それを全氏が流暢な日本語で通訳していく。説明によると、韓国の生ごみはレストラン等の業務用から五〇〇万トン、家庭から二五〇万トンの計七五〇万トンが排出され、そのうちの七割は焼却、残りの三割を畜糞などと混ぜてリサイクルしているという。それをできれば一年以内に、五〇〇万トンぐらいを肥料や飼料に替えて韓牛のエサにできるようにしたい、そしてそのために三塚にぜひとも力を貸して貰いたいということであった。

その熱い口調に三塚は、彼らの望みをなんとか叶えたいと心から思った。そして実現に向けてのスケジュールと課題について、日本に帰ってから早急にまとめることを約束して事務所を後にした。

ホテルに戻ると、いくつかのメッセージが届いていた。ひとつは三友商事ソウル支店長の石川からのもので、今夜会いたいので連絡を待つという内容であった。

二つめは日本のプラントメーカーである三国重工の中村常務からで、韓国のカルビ対策について会社として全面協力するので、三塚が日本に帰ってから話し合いを持ちたいと書いてある。最後のメッセージは直接、部屋に投げ込まれたもので、淡い色の封筒に入っていた。それは李愛子からのものだった。

時計を見ると、六時をちょっと過ぎたところだった。とりあえず石川支店長に電話をしてみた。石川は、車をホテルに差し向けるのでそれに乗って、有名な韓国人女子プロゴルファーの両親が経営している焼き肉レストランに来るよう指定してきた。

（また、焼き肉か。しかし仕事の目的が目的だから仕方がないな）。

三塚は自分に言い聞かせ、肩をすくめた。

石川とは日本にいる時からの付き合いで、彼がソウルに赴任してからも何回も会っており、旧知の間柄だ。三塚はシャワーをサッと浴び、ラフな服装に着替えてフロントに降りていった。ロビーに行くと顔なじみの運転手が待っていた。ホテルから三十分たらずでくだんの店に着いた。門構えの立派なそのレストランは、庭も手入れが行き届いており、照明が鬱蒼とした樹木を浮かび上がらせていた。

店に入ると、入り口のところで石川と部下の古山がすでに待っていた。店員に案内されて予約席に着くと、昼間に行った閑散とした店と違って回りは客で混み合い、大声や笑いが飛び交っていた。

三塚は石川達との再会を祝し、まずは生ビールで乾杯をした。

するとさっそく石川が口火をきって聞いてきた。

「三塚さん。この仕事はビジネスとして成り立ちますかね。一度、韓国企業が大失敗していますからね。当社としてもリスクを負わないとは言いませんが、三塚さんの総合プロデュース力に賭けているんですよ。三国重工の方はどうなんですか」。

三塚は、三国重工としては全面協力すると言ってきていること、帰国後に至急、関係者と協議する予定であることを石川に伝えた。

「しかし三国は自分の技術が守られることを強く主張して来るでしょうね。そのためには、韓国側と守秘義務を結ぶ必要があるかもしれません。この点をまずクリアーする必要があります。そして、生ごみの入口条件をきちっと決めないと先に進めない可能性もあります。もしも条件が違ったときは、責任が転嫁されないように契約を縛ることも大事だと思います」。

三塚は用心深く、そう付け加えた。

「韓国はご承知のように、日本と違って食器も箸もメタリックを使っていますので、これらが生ゴミに混ざって出されると処理プラントにダメージを与えてしまい、最悪の場合には動かなくなる怖れも出てきます。しかし、お国柄の食文化を変えるわけにも行きませんし、頭の痛い所ですね」。

古山がそう言いながら、メタルの箸で焼肉をつまんだ。

そして食事もあらかた済んだ頃、石川が三塚を誘った。

「三塚さんが良ければもう一軒付き合ってくれませんか。馴染みの店も結構増えましたよ。なにしろ、赴任してから二年半経つのに女房は一度も来ないもので、ついつい、まっすぐ帰らない日が多くなってしまいましてね」。

三塚はふと李愛子のメモを思い出したが、今日は石川の誘いを断るのもどうかと思い、付き合うことにした。


三人は石川の車に乗って、明洞《ミョンドン》の繁華街にあるクラブに入っていった。地下のフロアーは三十坪ぐらいで薄暗く、目が慣れないせいもあり、つまずきそうになる。車中から石川が電話しておいたので、店のママが出迎え、個室に案内した。部屋は十人ぐらい座れるところだったが、女性がママを入れて五人も入ってきた。皆、日本語をそこそこ話す。石川が三塚にママを紹介した。

「ママ、三塚さんはね、韓国の経済を立て直すのに一肌脱ごうとしているんだよ。だから、皆も一肌、二肌も脱いでサービスしてよ」。

「あら、三塚さんて韓国の恩人になる人なの？　それじゃ、はりきってサービスしなくてはね。

この個室は日本の歌もオーケーよ。皆もお客さんにサービスしなさいよ」。ママはボーイにボトルを持ってくるように告げてから、三塚の隣に座った。

こうして見るとママはなかなかの美人で、年の頃は三十代の半ばといったところか。聞けば、若い時に日本に住んだことがあり、上野や神田でホステスとして働いていた時期もあったという。彼女は、三塚が今やろうとしている仕事の話をすると、たいそう興味を示した。

「私が上野にいた時は、しょっちゅうコリアン街行っては、そこで韓国のキムチや韓牛を買って、自分のアパートに友達を呼んで故郷の話なんかをしながら過ごしたわ。日本食も今では美味しく感じるけど、当時は馴染めなくてね。でも、それも今は懐かしい思い出だわ」。

ママはしんみりと言った。

その後、皆で日本のカラオケを五曲ほど歌ってから店を出た。石川と古山はここに残るので車を使ってくれという。三塚は礼を言ってから、石川の車をホテルまで借りることにした。

ホテルへ帰る車中で、運転手が片言の日本語で三塚に話しかけてきた。

「三塚さんとは三回目ですネ。今、支店長の運転手をしてますが、この不景気なのに助かりますヨ。だって支店長は毎晩、遅くまで私を使ってくれるので残業代が増えるんですヨ。私の仕事仲間で韓国企業の運転手なんか、賃金カットの上、もちろん残業代なんてありませんからネ。支店長も三塚さんを頼りにしているのが良く分かりますヨ。だって、ここに来る時も古山さんと話しをしているのを、私運転しながら聞いていましたヨ」。

「ほう、なんて話していたの?」。

興味を覚えて、三塚は尋ねてみた。

「三塚さんが韓牛のおいしいカルビをたくさん作るのに協力するとか言ってましたネ。詳しくは分からなかったんですけどネ。こんな話を喋っちゃまずかったですか?」。

「いや、まずくはないけど。でも本当にうまくいくかどうか、まだ分からないんだ」。

「そうなんですか。よけいなことを言いましたネ。気を悪くしないでくださいネ」。

車はホテルの前で停まった。運転手は車のドアを開けて、三塚に深々とお辞儀をした。三塚はチップとして、二万ウォンを男の手に握らせロビーの中へ入って行った。ちらっと外に眼をやると、男が何度も三塚に頭を下げているのがぼんやりと見えた。

三塚はそのまま地下のバーに足を運んだ。愛子のメモのことが気になっていた。

第二章　戒厳令の夜

三塚が愛子に初めて出会ったのは、八二年の夏、仕事で韓国に出張した時のことだった。当時はそれこそまだ戒厳令が敷かれていて、内国人は夜の外出は禁じられており、公安に捕まると豚箱に入れられてしまうというご時世であった。

ある晩、三塚が仕事を終えて宿泊先のラウンジで飲んでいた時のことだった。ふと気づくと一人の若い女性が隣に立っていた。どことなく脅えている様子だった。

その女性は三塚に、ところどころ日本語が混ざった韓国語でこう言った。

「私は韓漢大学の国文学科の学生です。これが身分証明書です。友達の誕生パーティに行ったのですが、帰る途中で気分が悪くなり、このホテルのラウンジで休んでいたのです。そして目が覚めたら外に出られない時間になってしまいました。どうしようかと思って悩んでいたのですが、あなたがここに入ってきた時、女性の勘でお願いしようと思ったのです。他の人達もいたのですがお願いするのがなんとなく恐くって、今まで待っていたのです」。

「どういうことを頼みたいのかよく分からないのですが」。

けげんな面もちで三塚がそう返すと、女性はためらいがちに、おずおずと切り出した。

「あの……。明日の電車の始発まで、あなたの部屋の片隅でいいですから、私を泊めていただけないでしょうか。あなたは日本の紳士に見えます。だから、きっと困っている人を助けてくれると思い、こうしてお願いをしているのです」。

それが愛子だった。

三塚は彼女にもドリンクを注文し、しばらくラウンジで話をした。その後、七階の三塚の部屋に彼女を連れて戻った。エレベーターの中で、三塚はまず彼女の寝る場所の確保と彼女の不安を和らげる工夫を考えていた。

（ベッドはシングルだが、毛布はスペアーがあるし枕も二つある。よし、彼女にはベッドに寝てもらい、俺は離れたところで毛布にくるまって寝ればいいんだ。でもほとんど話もしないで、いきなり眠るのもかえって緊張するだろうから会話でもしてみようか。こちらが日本語を教えて、彼女から韓国語を教えてもらえば気持ちもほぐれるだろう）。

三塚はそのアイデアを彼女に話してみた。彼女は喜んで、覚えたばかりの日本語をいくつか並べ立てた。

「おはようございます。きょうはてんきがいいですね。あなたはなんといいますか？　わたしのなまえは〝り　あいこ〟です。あなたのかぞくはなんにんですか？　かんこくはすきですか？」。

脈絡のない単語の羅列だが、愛子は一所懸命に三塚に話しかける。三塚もメモ用紙を自分のビジネスバッグから取り出して、ボールペンで解説したり、逆に愛子から韓国語を教わったりするうちに、静かに時間が過ぎていった。かれこれ三時間ほど経っただろうか。三塚は愛子にそろそろ休むように勧め、バスとシャワーを使うときは中からロックがかかるので心配はいらないことを伝えた。愛子がうなずいたので、三塚はベッドとは離れたソファに自分の寝揚所をしつらえ、先に休むことにした。

しかし、頭が冴えてなかなか眠りにつけない。愛子もシャワーを済ませ、すでにベッドに入っているが、おそらく同じくらい、いやそれ以上に緊張していて眠るどころではないだろう。

それでも明け方近くなってうとっとした時、モーニングコールの音で目が覚めた。時計に眼をやると朝の五時半だった。

三塚は愛子が休んでいるベッドの方を見たが、彼女の姿はなく、寝具がキチンと畳まれているのが、薄暗がりの中でおぼろげながら窺えた。

三塚は起き上がり、ベッドに近づくと彼女のメモが置いてあった。そこには戒厳令の夜を助けてもらった礼、日本語を教えてもらった礼、挨拶もなく出て行くことの詫び、そして今度また来る時は連絡してもらいたいことなどがちゃんぽんの言葉で書いてあり、最後に自分の住所と電話番号が記されていた。三塚は寝ている自分を起こさずに、そっと部屋を出て行った愛子の気持ちを察した。

こうしてその後、彼女とは何度も会うことになるのだが、不思議な出会いがなせるのか、二人の関係はニュートラルでプラトニックな付き合い以上のものにはならなかった。きっかけがきっかけだけに、愛子の信頼に対する三塚のプライド、あるいは良心が一線を画していたのかもしれない。

そして八七年十月の半ば。すでに出会いから五年の歳月が流れていた。

愛子は大学を卒業しており、一流商社である韓生貿易に就職し、キャリアーウーマンとして活躍していた。

その日、仕事で来韓していた三塚は、仕事を終えたあとに、愛子とホテル近くのレストランで会う約束をしていた。しかし、三塚は仕事が長引き、愛子との約束時間に四十分も遅れてしまった。

あせってタクシーを飛ばしてかけつけたが、なんとレストランのあるその繁華街には、消防車や救急車のけたたましいサイレンの音が鳴り響き、一角からは薄黒い煙が出ているのが見えた。なにかしらの事件が起こったのだ。彼女と待ち合わせているレストラン付近での事故でなければ、と三塚は願いつつ、タクシーを降りて人混みの中を走った。しかし事態は三塚の願いを裏切り、あろうことかまさにそのレストランが事故現場となっていた。あたりにたむろしていた人に尋ねてみると、今からおよそ四十分前、地下一階にあるその店で、プロパンガスが漏れて引火・爆発したらしい。重傷者の五人は調理場の従業員で、客は軽傷者が十数人、あとは無事だったのでここにはいないということだった。三塚は何台かいる救急車のところに行って、知人とここで待ち合わせしていたこと、名前は李愛子で、年は二六歳等ということを、救急車の職員に伝えた。すると応急措置をしているリストを見て、本人は四号車で軽い打撲の手当てを受けていると教えてくれた。三塚はほっとして、さっそく四号車を探そうとした。するとその時、愛子の声が聞こえた。愛子は治療を終え、待ち合わせた場所のあたりに歩いて戻ってくるところで三塚を見つけたのだった。

三塚は思わず愛子に走りより、そのかぼそげな肩をそっと抱きしめた。

「愛子さん、怪我の具合は？　本当に大丈夫なんですか？　僕が約束の時間を守らなかったばかりに、あなたにこんな思いまでさせて本当に申しわけない」。

「三塚さんが詫びることはないわ」。

「いや、それでも申し訳ない」。

三塚は最悪の事態となったかもしれないことを想像し、一瞬身も心もすくんだ。愛子は思いのほか落ち着いていて、言葉を続けた。

「私は約束の時間にお店に行ったのですけど、結構混んでいたものだから、入り口の近くのテーブルに座ったんです」。

「ガス臭くはなかったの？」。

「特には感じなかったのだけれど、それから十分くらい経った時、厨房の方から煙が店内に流れ込んできたんです。そして厨房から少し炎が見えたと思った瞬間、爆発が起こり、店員たちがこちらの方に逃げ出そうとしたのですけれど、爆風と火傷で三～四人が床に倒れたんです。私も夢中で、なにをどうしたのか思い出せないのだけれど、気がついたらお店の外に出ていました。たぶん、打撲したのは地下から階段を駆け上がった時に、後ろから押されて壁に右側を打ち付けたからだと思います。でも、単なる打撲で済んで助かりました。さっき三塚さんの姿を見つけた時、会えて良かったと思ってほっとしながらも、逆に急に怖さが甦ってきました」。

愛子はかすかに笑みを浮かべ、肩を抱いている三塚の顔をじっと見つめた。三塚は愛子が予想以上に元気なので安心したが、ふと愛子のイヤリングが片方なくなっているのに気が付いた。

「私、三塚さんにお話したいことがあって時間を取ってもらったのですが、別の所で食事でもしませんか」。

「そうだね、二人とも食事をしそこねたからね」。

「それでは私がよく行くお店でもいいですか？　あまり綺麗なところではないのですけど」。

二人は気をとり直して、繁華街の外れにあるイタリアンレストランに入った。三塚はビールを、愛子は赤ワインを注文して、つまみを四品ほど頼んだ。

「まずはあなたの無事を祝して乾杯しよう」。

ビールグラスとワイングラスが、チンと澄んだ音をたてた。

「ところで僕に話したいことってなんですか？」

「実は、三塚さんとは永く友達としてお付き合いして来たのですが、今日でお別れしたいのです」。

愛子は少し言いにくそうに、そう打ち明けた。

「僕は恋人でもない、単なる友達だよ。別れたいっていうのはなにか変な気がするけれど」。

三塚には、愛子が言わんとすることが判らなかった。

「それが私、今勤めている貿易商社の同僚と、来年の春に結婚することになったんです」。

「なぁんだ。それはそれは、本当におめでとう！」。

「ありがとう」。

そこで愛子は小さく微笑んだ。

「彼はパリ事務所に駐在しているのですが、四年の任期が終わって、今年の十一月に戻ってくることになったのです」。

「向こうではどんな仕事を?」。

「彼は中東の石油ビジネスを主にやっていたんですが、韓国での新しいプロジェクトのマネージャーとして、会社が期待しているようです」。

「それはさぞ優秀な人なんだろうね」。

三塚は嬉しげに相づちを打った。しかし愛子の表情は硬かった。

「あなたは私を何度も助けてくれましたし、いろいろなことを教えてくれました。ご恩は生涯忘れませんが、ここは儒教の国でもありますし、私自身の気持ちとして整理したいのです。わがまま言ってごめんなさい」。

そう言って愛子は深く頭を下げた。

三塚は静かに首を横に振った。

「もう一度言うよ、愛子さん。本当におめでとう。あなたのような素晴らしい人を奥さんにする男性は幸せ者だ。僕がもう十歳も若ければ、あなたにプロポーズしていたかもしれない。こんなハッピーなことはないじゃないですか。僕がとやかくいう筋合いではありません。でも何年か経って気が変わったら連絡してください。そしてもうひとつ。あなたが嫌でなければお祝いをさせてくれないだろうか。あなたは気づいていないかもしれないけど、さっきの事故でイヤリングが片方なくなっているよ。せめて次回こちらにきた時に、お詫びとお祝いとしてイヤリングを受け取ってくれないかな」。

愛子はあわてて、耳に手をやった。そしてつぶやくように言った。

「私、三塚さんに淡い恋心があったのかもしれない。自分でもよく解らないのだけれど。戒厳令の夜、一晩部屋に泊めてもらった時、本当はある程度の覚悟はしていたんです。でも三塚さんは私にベッドを譲って、自分は小さなソファで仮眠していらしたわ。それがどんなにか嬉しかったことでしょう。そしてあれから、三塚さんに会うたびに気持ちが明るくなりました。そしていろいろなことを前向きに考えられるようになったんです。だからこれからは、三塚さんからいただくイヤリングを着けていれば、会えなくなっても勇気づけてもらえると思います。楽しみにしています。ありがとう」。

愛子の瞳は少しうるんでいるようだった。

「僕もあの時は、緊張していてほとんど眠れなかったよ。でもあなたの心配は僕には当てはまらなかった。弱い立場の人の足元をみてなにかを強いるのは紳士のやることではないし、僕の良心が許さなかった」。

しかしそうは言ってみたものの、三塚自身、それが本当に良心や理性によるものだったのか、それほど確信のあるものではなかった。

それでも愛子はにっこりとして、そして話を変えた。

「私の婚約者はソウル大学を出ているのですが、海外ビジネスがやりたくて今の貿易会社に就職したのです。たいていの人は官庁や財閥系の大企業に勤めるそうなんですけれど。

彼は私よりも四年先輩で、同じエネルギーの輸入部で一年ほど机を並べていました。その後、彼はパリ駐在になり、ヨーロッパを中心に原油や天然ガスなどの輸入交渉を手がけ、会社に大きな貢献をしたようです。この話は婚約が調い、二人で上司にお仲人をお願いに行った時に、上司が話してくれました」。

さらに愛子は話を続けた。

「彼から帰国するという連絡があり、今年の最後の休暇をヨーロッパで一緒に過ごさないかと私を誘ってくれたので、一週間という短い時間でしたが私は彼の待つパリに飛びました。シヤルルドゴール空港に着いたのは夕方でしたが、彼は空港の出口で待っていてくれました。一週間の間、彼はセーヌ川の遊覧船やノートルダム寺院やモナリザの絵、ブローニュの森の中にあるフランスレストランやモンマルトルの丘など、いろんなところを案内してくれたんです。私、ヨーロッパは初めてだったので、もうなにもかもが新鮮で、時の経つのも忘れてしまいました。帰る前日は彼がレンタカーを借りてきて、ドイツのケルンまで出かけてそこからライン川を道沿いに下りました。途中、何度も車を停めてはお城に登ったり、ローレライの人魚なども見たりして。本当に楽しかったです」。

愛子はほんのりと顔を上気させていた。

「どうもごちそう様。何だか身体がかゆくなってきましたよ」。

「私、なにか三塚さんがかゆくなるようなことを言いましたか？」。

「いいや、なんにも。僕の気のせいかもしれないから」。

三塚はきょとんとした顔をしている愛子を見て、ほほえましく思った。

そして名残惜しくも楽しいひとときはまたたく間に過ぎ、三塚は愛子に別れを告げたのだった。

愛子と別れたあの日以来、三塚はまた、ビジネスの世界に忙殺される日々が続いた。

そしてその年の十一月二九日、世界を震撼させる事件が起こった。

北朝鮮の工作員による大韓航空機爆破事件が発生して、乗員、乗客含め百一五人の命が、一瞬のうちにミャンマーの沖合の海中に、機体もろとも呑み込まれてしまったのだ。

翌日から報道各誌、テレビを始めとするメディアが特集を組み始め、次第に解ってくる事実に、世界各国で大きな反響が巻き起こった。

まず当日、バグダッド発アブダビ、バンコク経由のソウル行き大韓航空八五八便がベンガル湾付近で消息を絶っていたことが判った。韓国政府は、これは北朝鮮によるテロ行為であり、蜂谷真由美という名の日本人を装った美人工作員・金賢姫《キム・ヒョンヒ》の犯行であると発表した。そして乗客名簿をもとに大韓航空や国際警察、各国大使館等の確認作業が続けられ、事件発生から二日後には九割程度の身元が判明した。しかし事件後、機体の一部も被害者の一人も発見されてはいない。しかも、外国人は乗っておらず、乗客はすべて韓国人であったという不自然な事実が判明した。何故か外国人はすべて途中で立ち寄ったアブダビ空港で降りている。そして、もう一人のテロリストである蜂谷慎一はバハレーンで服毒自殺し、金賢姫だけが逮捕された。そしてその後、金賢姫は韓国に爆破の容疑者として護送され、安全企画部での事情聴取を受けているということであった。

三塚もその頃、韓国での仕事が多かったので、テレビや新聞で報道される犠牲者の氏名に関係者がいないかどうかをチェックしていった。するとその中で気になる肩書きが眼に飛び込んできた。

（まさか、彼ではないだろうな）

三塚はその名前を手帳に控えた。その男の名前は金大志、韓生貿易のパリ駐在員、三十歳とあった。三塚は自分の手帳にある愛子の勤め先、韓生貿易のエネルギー輸入部に電話をした。

「もしもし、私は日本の三塚といいます。李愛子さんの知り合いの者ですが、愛子さんはおられますか?」。

電話口に出たのは男性で、流暢な英語で彼女が不在の旨を告げた。三塚は、報道を見て心配して電話をしたことをその男性に話した。

「お察しのとおり、実は彼女の婚約者があの大韓航空に乗り合わせていて事件の被害者となったのです。今日は金大志さんの社葬が行われているので、李愛子さんも葬儀に参列しています。あんなに結婚を楽しみにしていたのに、なんと言う酷いことをするのか。私達同僚も、本人のご家族や彼女にかける言葉もありません。あなたからも機会がありましたら、ぜひ彼女を慰めてあげてください」。

「解りました。心配していたことが現実になってしまったのですね」。

受話器を置いて三塚は深いためいきをついた。三塚は愛子へのお祝いのイヤリングを銀座の専門店ですでに買っていた。折しも来月韓国に出張する予定があり、その時に彼女に会わずにどうやって渡したらいいかと思案しているところだったのだ。

その夜、三塚は横浜の山下公園に一人で出かけた。公園内では海を見ながら、大勢のアベックが肩を寄せ合って未来の夢を語らっているのだろう。

しばらく、海を見つめていた三塚は背広のポケットから小さな包みを取り出し、岸壁から力一杯、暗い海に投げた。愛子に渡そうと思っていた真珠のイヤリングだった。

（愛子のフィアンセもミャンマーの海に眠っている。もしかして、彼の遺体は回収できないかもしれない。でも海は世界のどこの揚所でも繋がっている。このイヤリングが彼の眠る海に届き、愛子のかわりに寄り添ってくれるといい）。

三塚はそう心の中でつぶやき、そしてこのことは、愛子には言うまいと誓って公園をあとにした。

それから一週間が経ち、愛子から三塚に電話がかかってきた。

「三塚さん、愛子です。先週、三塚さんから電話があったことを同僚から聞いていましたが、あまりのことで気持ちの整理ができなくて。連絡もしないでごめんなさい」。

愛子の声は暗く沈んでいた。

「社葬のあとに大韓航空の合同葬があったり、私が新聞やテレビの取材に追いかけられたりするものですから、ずっと家に閉じこもっていたのです。でもそのうち、悲劇の主人公たちをメディアがストーカーのように付きまとうのは醜いことだという世論が巻き起こり、不買運動が広がったのです。さすがのメディアも反省してやっと静かになりました。

三塚さん、私はもう一生、結婚はしないつもりです。この間はあんなこと言っておきながら、今さらと思われるかもしれませんが、三塚さんがこちらに来られる時は連絡してください。そしてまたいいお友達として、相談相手になってください」。

「もちろんですとも。本当に今度のことはあなたにとって悔やんでも悔やみきれるものではないし、昔の同朋がテロを仕掛けたなんて、なんという悲劇なのかと思う。ちょうど来月に四日間ほど、ソウルに行くことになっています。その時会いましょう。ぜひとも、元気を取り戻してください」。

そう言って、三塚は静かに電話を切った。

「三塚さん、今の電話、あの事件の被害者と関係のある人みたいですね」。

横にいた部下の佐々木が、いかにも興味深々といった感じで三塚の顔を見ながら言った。

「うん、そうなんだ。しかも、僕がまだ若い頃、あることで彼女を助けたことがあってね。けっしてやましい関係ではないのだが、その後も友人として相談に乗ったり、一緒に食事をしたり、あちこちに出かけたりといった付き合いを続けていたんだ。今回の事件では、彼女の婚約者が例の飛行機に搭乗していたものでね、友人として彼女をどう励ましたらいいものかと悩んでいるんだ」。

佐々木はびっくりした表情になった。

「そうなんですか。そんなこととは知らず、興味本位で聞いてしまってすいませんでした。でも、まだ事件の全貌がはっきりしませんよね。北朝鮮の金正日の指示だとも言われているじゃないですか」。

「そんな話もあるし、その可能性は高いと思う。韓国に対するテロ事件は、一九五〇年の六月二五日に金日成が三八度線を侵犯し、朝鮮戦争を挑発したのが始まりだった。その後、六八年一月に朴大統領暗殺のため三一人の武装特攻隊がソウル市内に侵入した奇襲未遂事件、そして世界を震撼させた八三年六月のミャンマーのラングーンにおけるアウンサン廟爆破テロ事件。全大統領爆殺目的だったが全大統領は難を逃れ、十七人の高官が爆死したのを君も覚えているだろう」。

「はい。私は当時、大学受験に失敗して浪人生活をしてまして、恥ずかしながらテレビをしょっちゅう見ていたのでよく覚えています。確かミャンマーは北朝鮮と外交関係を断絶したんですよね」。

「そうなんだ。その後も八六年九月に金浦《キンポ》空港爆破テロ事件で十五人が死亡し、三十人以上の負傷者が出たんだ。実は私も仕事で当日韓国に行っていたんだが、ソウルに着いたのが事件の数時間前でね。そういえば、あの時ちょっとしたトラブルがあったんだ」。

「なにがあったんですか？」

佐々木が尋ねた。

「KALで到着した後、バッゲージがターンテーブルの隙間に挟まってしまったんだよ。ショートトリップだったから軟らかな布製バッグにしたのがいけなかったんだね」。

「それでどうしたのですか?」。

「KALの係員に頼んでターンテーブルを止めてもらい、私と係員が上がってバッグを引っ張り出そうとしたんだが、洗面用具が食い込んでしまって、どうしても出せないんだ。それで仕方なく、係員がカッターでバッグを切り裂いて中の荷物を出したんだが、乳液のビンは割れているし、シェービングの容器もペシャンコで、Yシャツや衣類はとても使える状態ではなくてね。また、タイミングの悪いことに、週末に予定されていた国際マラソンの外国人選手団も大勢同じ便に搭乗していて、このトラブルで彼らの荷物も出せないものだから、本当にバツの悪い思いをしたよ」。

「それで汚れた荷物はKALが弁償してくれたんですか?」。

佐々木は三塚にお茶を注ぎながら、促した。

「KALの事務所に連れて行かれて、一品ごとに、値決めの交渉をしたんだが二時間もやられて参ったよ。特にYシャツの値が当時の韓国と日本では五~六倍も違うし、係員は首をひねるは、こちらは不愉快になるはで埒があかない。結局、あとのスケジュールも詰まっていたから、不本意ながら手を打ったけどね。あとはとりあえずＫＡＬの副操縦士が使っていた皮製のトランクに荷物を詰め替えて、ホテルに向かったんだ。その後、私が金浦空港を後にして三時間後くらいに爆破事件が起きたというのをホテルのテレビで知って、ビックリしたことを思い出すよ。それにしても北朝鮮はその後もテロ行動を続けて、この八七年十一月の大韓航空爆破事件へとエスカレートしていったということなのかな。そして李愛子の悲劇が始まったわけだ」。

三塚は話しながら、愛用のマイルドセブンに火をつけて深く吸った。吐き出した煙が、なんとなく寂しげに天井に向かって昇っていった。


翌月の十二月も押し迫った十八日から四日間の日程で、三塚は佐々木とソウルに出かけた。今回の目的は、韓国エネルギー学会の主催する「エネルギーと環境を考える」という国際シンポジウムへの参加で、これは初日には全大統領が基調講演をするという大掛かりなイベントであった。二人はプレゼンターとして招待を受けていた。

到着翌日からシシンポジウムが始まった。開催場所は、南山公園の入り口にある新羅ホテルの会議場だった。三塚は初日の午前に一時間のプレゼンを行ったあと、翌日の午後に予定されている日米韓の専門家によるパネルディスカッションにパネラーとして出席することになっていた。

国際シンポジウム主催に関しては、来年のオリンピックを盛り上げようという韓国側の思惑もあるのだろう。また、首都ソウルの大気汚染の浄化に政府が懸命に取り組んでおり、今回のシンポジウムで環境先進国の日米の専門家を招聘することで、エネルギー戦略の参考にしたいという思いもあるに違いない。

今回は、全大統領を始め政府の高官も多数いたために物々しい警戒態勢で、入場者のチェックも飛行機に搭乗する時と同じく、手荷物検査、ボディチェックも半端ではなかった。

そして、シンポジウムは予定通り全大統領の基調講演で始まった。

全大統領は、北朝鮮の大韓航空機爆破事件やラングーンアウンサン廟のテロ事件についても触れたが、特に八八年のオリンピックは安全の確保に国を挙げて取り組む姿勢を明確にし、必ず成功裡に導くという強い意志表明を行った。そして深刻化する大都市の環境改善に資するクリーンなエネルギーの導入と、それを受け入れるインフラの整備と制度的な枠組みを立ち上げることを宣言した。そのために、この国際シンポジウムの意義を高く評価し、専門家のアドバイスに期待するという挨拶で締めくくった。

大統領はメッセージを終えた後、最前列に並んだゲスト達と握手を交わして退場して行った。

その後、三塚のプレゼンへ進行した。

三塚は佐々木に手伝ってもらいながら、スライドを使ってスピーチを行った。英語と韓国語の同時通訳しかないので、日本から来た参加者の多くは仕方なく英語のチャンネルに合わせて話を聞いていた。

三塚は、韓国が導入し始めた液化天然ガスの日本における現状と今後の見通し、環境改善の効果、利用技術の課題と制度的な枠組み、官民の取り組み等について話をした。そして韓国が進めるインフラの整備に対していくつかの提言をして締めくくった。質問がいくつもあり時間内で答えることができなくなったため、三塚はこの後も自分達がこのホテルに泊まっていることを告げて取り急ぎ場をまとめ、次の米国人プレゼンターにバトンタッチした。

控え室に戻ると、佐々木が持参したパソコンや機器を整理しながら、三塚に話しかけてきた。

「三塚さん、好評だったですね。そういえばさっき今日の参加者リストを事務局からもらったんですが、約五〇〇人のうち四〇〇人が韓国の政府、エネルギー関係者と装置メーカー、商社でした。日本人も七十人ぐらい来ていますが、大半が韓国駐在員と大使館メンバー、そして日本から来たエネルギー関係者です」。

佐々木は興奮が冷めやらぬようだった。

「佐々木君、いや今日はどうもありがとう。僕はあまり機械に強くないので君に負担をかけたけど、参加者の反応も予想以上だったね。

お礼といってはなんだが、今夜は君を案内するよ。美味い店があるんだ」。

「それでは、部屋に戻ってゆっくりしてから出かけましょうか。あっ、でも三塚さん、今日の午後のセッションはどうしますか?」。

「そうだね。全米エネルギー協会のクラーク副会長とは面識もあることだし、僕は彼の講演を聴いてから出かけようかな」。

「解りました。ではその間、私は南山《ナムサン》公園や市場に行ってみたいのですが、よろしいでしょうか?」。

韓国にあまり来たことがない佐々木は、そわそわと三塚に了解を求めた。

「それでは、六時に部屋で会うことにしよう。それまでは君の自由だ。ただし爆破事件のあとだし、くれぐれも注意して行動してくれよ」。

「解っています。危ない所には近づきませんから」。

三塚が会場に戻ると、韓国政府の高官によるスピーチが終わるところだった。留学組のエリートなのか、流暢な英語で今後のエネルギー政策について説明していた。

ちょうど昼休みの時間になったところで、事務局の金専務理事が三塚のところに来て、ゲストとの昼食会に参加してもらえないかと尋ねてきた。昼食会の場所は新羅ホテルの中華料理店で、日米韓のゲスト五人と韓国側スタッフの五人の十名がそれぞれ名刺交換等を行いながら歓談したが、クラーク副会長が三塚と同じテーブルについたので、お互いの近況を話し合って旧交を温め合った。

クラーク副会長は昨年、妻を癌で亡くし、現在は一番下の娘と一緒に暮らしているが、来年の一月にはリタイアーして田舎でのんびりした生活を送る計画を立てていることなどを話した。そして三塚がアメリカのサウスダコタの近くに来る時は、是非、連絡してもらいたいと言った。

三塚は、昔、石炭のガス化、液化のプロジェクトに関係していた時に、ミネアポリス経由でサウスダコタのラピッドシティに行ったことがあるとクラークに話すと、クラークの田舎はまさにその町だという。二人は料理に舌鼓を打ちながら話に花を咲かせた。


夕方、佐々木と連れだってホテルを出ると、街中にジングルベルの曲が流れていた。

「三塚さん、クリスマスもうすぐですね。ところで今夜はどこに連れて行ってくれるんですか?」。

「今いるところは東大門《トンデムン》の側だけど、南大門《ナムデムン》に行くと露天や屋台が路地にひしめいていてね。そこに美味しい豚肉料理屋があって、本場済州島から取り寄せたバラ肉が名物なんだ。そいつをごちそうするよ」。

三塚は佐々木に話しながら、初めてその店に愛子に連れて行ってもらったことを思い出していた。愛子には明日の夜に会う約束をしていた。

南山公園の中を歩きながら店に向かったが、師走の風が肌を刺す。マイナス気温なのか二人の吐く息はあっという間に白くなる。

店に入ると客でごった返していた。店長は三塚の顔を覚えていて、愛想笑いをしながら近づいてきた。彼は日本語もそこそこできる。

「ようこそいらっしゃいました。今日は済州島の特上肉が入荷してますので、ぜひ召し上がってください。ところで今日は綺麗な人は一緒じゃないんですか?」

三塚は余計なことを言う店長を適当にあしらいながら、渡されたメニューを見て特上のばら肉料理とビールと焼酎を注文した。

「今の〝綺麗な人〟って、悲劇のヒロインになってしまった愛子さんのことですか?」。

佐々木が遠慮がちに聞いた。

「まったくあの店長も客の扱い方を知らない。秘密にしたいこともあるのに余計なことを言うんだから。しかしまぁ、君の言うとおり、実はこの店は愛子さんに案内されたのが始まりなんだ。三~四回一緒に来たかな。彼女の父方の郷里が済州島で酪農をやっているそうでね。彼女が田舎に帰ると必ず美味しい豚肉料理が出てきたと、よく言っていた。その時の味に一番近いのがこの店らしい。本当は豚のバラ肉料理で有名なのは明洞《ミョンドン》のチェジュマウルという店なんだが、彼女はここの方がお好みのようだね。ま、それはさておき、さぁ、まずは乾杯と行こう」。

二人は今日のシンポジウムの成功を祝し、グラスを合わせた。

「愛子さんは、恩人の三塚さんのことが好きなんではないでしょうか。三塚さんは聖人君子みたいですが、自分を律しているんですね。私はとても真似できません」。

ほどよく酒が回ったところで、佐々木が少しからかうように言った。

「おいおい、僕だって男だから、心の中でマックスウエルの悪魔が囁くこともしょっちゅうだよ」。

「そのマックスウエルの悪魔ってなんなのですか？」。

「人間の心の中には、善玉と悪玉が同居しているんだ。善玉は良心、悪玉は煩悩と言ってもいい。だからキリスト教徒などは、悪玉つまりマックスウエルが勝ってしまった時に、懺悔をして神に許しを請うんだ」。

「なるほど」。

「愛子さんとは出会いも出会いだったからね。こんなに長く付き合っていても、いつも善玉が悪魔を押さえつけて、勝った状態にあるのだと思っているよ」。

「なるほど」。

その後、若い佐々木は〝うまい！〟を連発しておおいにバラ肉を食べ、さらに二人ともだいぶ酒も入って、話が弾んだ。

「さて、明日も早い。そろそろ帰ろうか、佐々木君。それからそういうことで、僕は明日の夜は愛子さんを激励するので、別行動になるけど、よろしく頼むよ」。

「了解いたしました。マックスウエルの悪魔が出ないことを祈っています」。

「そのように努力しましょう」。

そう三塚が言うと、二人はお互いの顔を見合わせて笑った。

そしてホテルに戻り、ベッドに入るとすぐに眠りが訪れた。しかし朝五時頃、ドアを強く叩く音で三塚は目が覚めた。


内側からドアの外を覗くと背広を着た二人の男性が見える。

(こんな朝早く、なんだっていうんだ)。

いきなりドアを開けては、危険が伴うかもしれない。悪いとは思ったが、隣の部屋の佐々木に電話をかけて、男達の用件を聞いてくれるよう頼んだ。

佐々木はチェーンをかけたまま用心深くドアを細く開け、男達に声をかけた。

「私はシンポジウムにゲストとしてきている日本のメンバーの一人だが、こんなに朝早く隣になんの用ですか？　あなた達は誰ですか？」。

すると思いもかけず、ていねいな返事があった。

「申しわけありません。私達は釜山《プサン》市の企画部長と財政部長です。実は昨日の三塚さんの講演を聞きまして、大変参考になりました。先生がここに泊まっていることを聞きまして、尋ねて来たのです。早すぎることは充分承知しておりますが、午前中に釜山に戻らなければならなくなってしまったものですから。失礼ですが、どうかお時間をいただけませんでしょうか?」。

そのやりとりを聞いていた三塚は、ドアの隙間から顔を出してみた。企画部長と称する男が名刺を差し出しながら三塚に挨拶した。男は李三雄、もう一人は桂雄二といい、二人とも釜山市の高官であった。

「パジャマのままなのでちょっと待ってください」。

三塚はそう言って、急いで服に着替えて二人を部屋に通した。

「私に聞きたいこととはなんなのですか?」。

三塚は昨日の酒が多少残っているのか、すっきりしない頭で二人に尋ねた。

李部長が鞄の中から一枚のペーパーを取り出して三塚に渡した。ペーパーには日本語で質問項目が羅列してあった。

「実は、韓国政府が天然ガスのパイプライン計画を発表しまして、釜山市にも通る計画となっております。ガスの圧力は七〇気圧という高圧ですので住民の不安が高まっております。また、北朝鮮のテロ攻撃も益々エスカレートしておりますので、市政府としても安全性を始め、テロに対する防衛策を確立することが急務です。さらに天然ガスの受け入れ基地も三個所候補に上がっていまして、釜山にも造る計画となっています。

そこで、三塚さんにお願いがあります。日本の実状を視察させてきたいのですが、そのスケジュールのアレンジをお願いできないでしょうか？　そしてできれば、高圧のパイプラインの技術について教えていただきたいのです」。

李部長と桂部長が頭を下げた。

「解りましたが、今すぐにはお答えできかねますので、日本に帰ってから関係者と相談してご連絡致します。それでよろしいですか？」。

「ぜひともよろしくお願いいたします。時期はいつでも構いません。また、受け入れていただけるということになりましたら、専門家による調査団を編成することになると思いますので、そちらもよろしくお含みおきください」。

そして二人はていねいに挨拶をして部屋を出て行った。

どちらが先ともなく、三塚と佐々木は肩をすくめた。

「非常識ですよね。こんな朝早く起こされるなんて参りましたよ」。

パジャマの上にガウンを引っ掛けただけの格好で、佐々木が言った。

「本当だよ。いくら先方に用事があるからっていったって、不愉快になるよな。君まで巻き添えにして悪かった。もう一回寝直して、九時に会場で会おう」。

三塚はドアを閉めてもう一度パジャマに着替え、ベッドに潜り込んだ。


中途半端な眠りから目覚めた三塚は、寝不足気味の重い頭を抱えて会場に赴いた。そしてその日のシンポジウムの最後を飾る長丁場のパネルディスカッションをようやく終えて、急いで部屋に戻り、愛子との待ち合わせ場所に向かった。時計は六時近くになっていたが、タクシーで二十分とはかからないはずだ。東海大橋が渋滞していたが何とか約束の時間に間に合いそうだった。待ち合わせをしているのは、狎鴎亭洞《アックジョンドン》というソウルの流行発信地で、洗練された街並みにはしゃれた洋服や雑貨の店が建ち並んでいる。また、カフェやフレンチ、イタリアン、日本料理まで多彩な飲食店も並んでいる。三塚は日本料理屋を予約していた。

なんとか十分ほどの遅れで三塚は店に着いたが、愛子は先に来て待っていた。

「いつもいつも遅れてしまって申し訳ない、愛子さん」。

そう声をかけると、愛子は少し微笑んで首を横に振った。三塚は椅子にかけながら、さらに言葉を続けた。

「二カ月ぶりですね。少しやせたんじゃないですか？

この短い間に起きたことが、あなたにとってどれほどの試練だったのかは僕にも痛いほど解ります。しかし、歴史の事実をひっくり返すことは誰もできない。悲しい過去は心の中で永遠に消えはしないけれども、明るい未来をはなから否定するのもいかがかとも思う。あなたには強く生きてもらいたいし、僕にできることがあれば全力を尽くしたいと思っているんですよ」。

三塚はていねいに言葉を選びながら愛子に言った。

「三塚さん、本当にお心遣いありがとうございます。それにしてもなんて長い二カ月だったことでしょう。あの時、私、本当に死にたいと思いました。そして事件を起こした同年齢の女性を、できることなら殺してやりたいとも思いました。私の心の中でいくつもの激しい葛藤がありました。

でもだからといって、それで彼が帰るのでしょうか。あの女性も洗脳されて国のために良かれと信じてやったのでしょう。拒否すれば死以外の選択肢は彼女にはなかったのでしょう。今ではなんとかそう思えるようになりました」。

ここで愛子は一度小さく息をついて、先を続けた。

「でもね、三塚さん。あなたがおっしゃるとおり、過去を塗り替えることはできないわ。彼は私の身体や眼を通して二人三脚で生きていくのです。今も私の中には彼がいるんです。だから、私もう、一生結婚はしないつもりです」。

愛子は三塚の顔を見据えながら、きっぱりと言った。

少しの沈黙が流れたあと、三塚は静かに愛子に語りかけた。

「今のあなたの気持ちを思うと、それが正しい選択なのかもしれないですね。しかしもし、移り行く時代の流れの中で、あなたの考えが変わったとしても誰もあなたを咎めることはないし、神様に嘘をついたことにはならないと思いますよ」。

愛子はほんの少し目を伏せながら、話を続けた。

「彼が飛行機に搭乗する前に、私に電話をかけてきました。オンスケジュールで出発すること、私が受取人の傷害保険に加入したことを連絡してきたのです。もともと彼は、会社で入る保険とは別に、お守り代わりに個人で保険に入るのが常でしたので、私も別に気にも留めていなかったんですけれど。

事故後に保険会社から受取人としての確認の電話がかかってきて、暗証番号などを聞かれました。その後、振込み通知が自宅に届き、記載された金額は口座に振り込まれていました。それは私など見たこともない金額でした。そしてこれは私の受け取るべきものではないと思いました。それで、彼の両親にこのことを話したのですが、彼らには航空会社や勤務先から慰謝料や退職金プラス特別功労費等などもたくさん出たそうで、保険金については息子の遺志どおり、愛子が受け取るのが当然と、私の申し出は固辞されたのです。彼の両親は、何度も私に申し訳ないと繰り返していました」。

三塚は、後に残された愛子と彼の両親がお互いを思い合う姿に胸を打たれた。

「それは当然と言えばそれまでだが、彼のご両親も筋の通った方ですね。とかくお金が絡むと人は醜くなりがちだ。そして、あなたはこれからどうするのですか?」。

三塚は愛子に尋ねた。

「実は、彼とは結婚資金を二人で貯めることにしていたので、私が共同名義の預金口座を作って、毎月それぞれが預金していたのです。それも私一人の手元に残ることになってしまいました。こんなお金、なにに使っていいものか、さんざん迷ったのですけれど、今となっては会社に残るのも辛いし、彼が私に残してくれたお金を元手に、お店の権利を買って事業を始めようかと考えているところなんです。レストランかホテルのバーラウンジはどうかと思っています。三塚さん、いろいろと相談に乗ってくれますか?」。

愛子は思いつめたように顔を上げた。

「僕は海外のビジネスを立ち上げるのが本職だから、事業性やリスクのヘッジングなどはお手伝いできるかもしれないけど、水商売は素人だ。でも具体的な話になったらまたあらためて相談に乗ります。そして心から成功を祈っていますよ」。

三塚は力強く、愛子にうなずいて見せた。

それから二年後、愛子はロッテワールドホテルの地下にバーレストランを開業し、実質的なオーナーとなった。表向きは年上の女性と共同経営者となっているが、その人は亡くなった彼の姉だと聞いている。

この店は泊り客を中心に、かなり繁盛していた。三塚もできるだけこのホテルに泊まることにしていた。

そしてあの大韓航空の爆破事件から十年の歳月が流れ、関係者以外は韓国の人達の脳裡からも鮮烈な記憶が薄らぎつつあった。

今回九七年六月の来韓は、具玉子女史のたっての頼みだったが、愛子に会うことも目的のひとつだった。

三塚がバーラウンジに行くと、かなりの先客がいたが三塚を見つけて愛子が軽く会釈を送った。

「三塚さん、こんばんは。昨日、いただいたイヤリングを着けてきました。せっかくだから、トップスもボトムも新しいものでコーディネイトしてみたの。どうですか?」

愛子はカウンターの中から三塚に話しかけた。

「とても良く似合っていますよ。愛子さんはうりざね顔で眼がパッチリしているから、本当に映えますね」。

愛子はうれしそうに笑いながら、思い出したように三塚に問いかけた。

「そういえば、三塚さんにひとつだけ聞いてもいいですか？　前々から聞いていいものかどうかとは思っていたのだけれど」。

「どうぞ、遠慮なく。私の家族のことかなにか？」。

「いいえ。あのね、十年前に私が結婚すると言った時に、三塚さんがお祝いにイヤリングを下さると言っていたでしょう？　でもあの忌まわしい事件のせいでそれどころではなくなってしまって……。でも三塚さんのことだからイヤリングを買っていらしたのではないかと思って」。

三塚は、愛子が気にしていたことが、そんなことだったのかと胸が痛んだ。

しかし、もしも買ったイヤリングが送り先を失って、誰か別の人のものになったと言ったら愛子の気持ちは安らぐだろうか。仕方がない、本当のことを愛子に言おうと、三塚は決心した。

「愛子さん、確かにイヤリングは買ってありましたよ。でもあなたに送ることができなくなってしまった。どうしたと思いますか？」。

「分からないわ。奥さんにでも差し上げたのですか？」。

「まさか！　誰にもあげていませんよ」。

「それでは、今も持っているのですか？　このイヤリングでないことぐらいはすぐ分かりますから」。

「そりゃそうだ。十年も前ですからね、流行のデザインも何も違うでしょう。これはね、あなたが聞かなければ一生言わないつもりだったのだけれど、実はあのイヤリングはね、横浜のハーバーから海に向かって投げたんだ。なぜかって、海には死んだ彼も眠っているでしょう？　そして海はどこの海でもつながっているから、一緒のところで会えるかも知れないと思って投げたんですよ」。

愛子はじっと三塚の話を聞いていたが、大きな瞳からは涙が溢れ、頬をつたって流れた。そして、ごめんなさいと言って背中を向けた。

「他のお客さんも多いから、僕はこれで失礼しますよ」。

三塚は小さくそう告げて席を立った。

フロントで部屋のキーを受け取ってエレベーターの方に歩き出したところ、愛子が追いかけてきた。

「さっきは取り乱してしまってごめんなさい。あれからしばらく涙が止まらなくなってしまって。実は私も三塚さんにネクタイを買っておいたんです。三塚さんは濃紺のベースに白の小さなプロットが好きみたいだから、そんなイメージのものを探してみたのだけれど。それに三塚さんはスリムで背も高いし、韓国で中年の女性に人気のあるKBCの金ニュースキャスターに似ているでしょう。きっと似合うと思うんです。気に入ってくれると嬉しいんですけど」。

愛子は細長い包みを三塚に手渡した。

「どうもありがとう。韓国のあの人気キャスターに似ているとは光栄だ。彼は僕よりずっと若いし髪も黒いですけどね。でも明日はこれを締めて仕事をすることにしましょう」。

三塚はネクタイをケースから取り出して、首のところで吊るして見せた。

第三章　日韓プロジェクトチームの始動

日本に帰った三塚がまず取りかからねばならなかったのは、社内への報告とプロジェクトの承認を取り付けることであった。

三塚はさっそくこれまでの経緯と、社にとってのビジネスチャンスとリスクヘッジの処方箋をレポートにまとめ、関係部所との調整に入った。

そして九七年の十二月二三日、全体調整会議が開かれた。これまでに関係部とは何度もミーティングが行われたが、今回はあらためて社長、担当専務にも概要について三塚から詳細説明をすることになっていた。

「まず、韓国の具玉子女史についての詳細は別添資料をご覧戴きたいと思いますが、彼女は日本の閣僚クラスとも面識があり、今や韓国の政財界においてトップクラスの地位を得ている実力者です。私は女史の甥が経営しているソウル食物公社との取引の関係から、女史との接点がありま す。ソウル食物公社はご案内の通り、一昨年のビジネスで当社子会社との取引により多大の利益 をもたらしております。

韓国は今、未曾有の不況下にありますが、女史からの要望は、韓国経済の活性化のために、ぜ ひ当社に焼肉経済を立て直してもらいたいというものです」。

そして三塚は、レストランやスーパー、家庭からの生ごみを牛の飼料、作物の肥料に代えられ ないかという命題、また以前、韓国の大手財閥系企業がアメリカのエンジニアリング会社とアラ イアンスを組んで仕事を請け負ったものの、見事失敗したこと、またその原因などについて説明 をした。

「これらを充分に考慮した上で、日韓がベストパートナーとなるようチームを編成するととも に、日本のコリアン街で協力してもらえる焼肉レストランや韓国料理店との連携のもとで実験を 行い、事前に問題点をつぶしておくことが肝要と考えます。

さらに、当社単独で本件を進めるのは得策ではありません。私の調べたところでは生ごみ処理 のトップメーカーである三国重工が協力するといっておりますし、韓国に強い三友商事も前向き です。さらに日本だけのアライアンスでは、韓国の政権交代などの流動的な要因には機動的な対 応は難しいかと思われますので、具女史も関与しているソウル食物公社にも加わってもらってはいかがかと考えます」。

三塚はひととおり説明をして皆の反応を窺った。

担当専務の脇田が、いつものように金縁の眼鏡に手をやりながら、いくつかの点について質問をした。

「三塚君の説明はよく解ったが、かなりリスクもあるようにも思う。IRR（内部収益率／投入した費用に対してどれだけの収益があげられるかの指標）はいくらくらい見たらいいのかね？あとは、カントリーリスクをどう考えるのか、アライアンスを組む相手との関係で誰がイニシアティブをとるのか、そのあたりも聞きたいのだが」。

三塚は先日、脇田に同じ事を聞かれていた。この会議で担当専務として皆よりもポイントをついた質問をしたかったのだろう。そして自分のプレステージを社長に知らせようとしたのだと思ったが、初めて聞いた素振りで答えるつもりだった。なによりも、基本的に専務が自分を信頼していることを、三塚は知っていた。

「IRRの件ですが、おっしゃる通り、生ごみという品質が不安定なものを処理するのですから、通常のプロジェクトよりも五ないし一〇％は高く取らなければならないと考えます。従って一五ないし二〇％以上で事業性を組んでみたいと思います。それ以下の事業性しか見込めない場合は、基本的に降りるつもりです」。

三塚は説明しながら北田社長の感触を窺ったが、熱心に話を聞いているようなので続けることにした。

「次にカントリーリスクですが、韓国はこれまで大統領が変わるごとに一種の政変が起こり、前大統領が裁かれたりしています。しかし本件につきましては与党だけでなく、野党も進めるべきだとの見解でまとまっています。従いまして、政変が起こっても韓国サイドが諦めることは考えにくいと思います。

ただし、日本政府の行動に対して韓国サイドが強い態度で出てくることはありえます。例えば、教科書問題とか靖国参拝や島の領有権などが起こると、政治とビジネスが絡み合ってしまう可能性も否定できません。

また最後の件ですが、これから各社と調整する必要があろうと思います。が、必ずしも当社がマジョリティを取らなくてもよいのではないかと考えます。当面、一番リスクを負うことになるのは三国重工ですから、彼らがマジョリティを主張するのであれば、当社は二番手で構わないと考えております」。

その後は、あまり本質的な質問や意見もなく、じっと聞いていた北田社長が最後に総括した。

「皆の意見をまとめると、このプロジェクトは一歩前に進めるということで問題はないようだね。私も賛成だ。

早晩、わが国においてもごみ問題は大きな社会問題となるだろう。エネルギー会社であるわが大国エネルギー社は血液で言えば動脈ビジネスだが、ごみのような静脈ビジネスとの連環が必ず必要不可欠な時代が間違いなく来る。その時に慌てても後塵を拝することになりかねない。三塚君の提案を当社として進めて行こうではないか。途中経過については、タイムリーに全社会議に報告してもらいたい。また、大きな支出が発生する場合には審議事項とする。皆さんこれでいいかね？」。

皆も社長の見解に賛意を評し、プロジェクトは承認された。

三塚は席に戻ると部下の佐々木と松本を呼んだ。三塚は全体会議の内容と今後の方向性を伝え、三国重工と三友商事とのアライアンスを進めるよう指示した。

そして早くも九七年一二月の第四週の火曜日に、大国エネルギー本社でプロジェクトについての三社会議が開催された。三塚側からこれまでの経緯と今後のスケジュール、解決すべき課題の抽出、リスクとファイナンスのスキーム、そして各社の役割について詳細説明が行われた。

ひととおりの話が終わったところで、三国重工の中村常務が口を開いた。

「三塚さんがここまで今回のプロジェクトを整理してくださったので、各社の役割もはっきりした。問題は技術的なリスクと、制度的な仕組みをどうやってまとめ上げるかだ。まず、技術的なリスクとして、塩分濃度の高い生ごみを前処理で除く技術を確立しなければならない。そのため、私どもは日本のコリアン街の何軒かの店と契約して、パイロットテストを実施することを提案します。実験に要する費用と期間については、早急にまとめてお図りしたい。またその後、その仕組みの運用は韓国政府が実行し、それを民間側が受け入れられるかどうかが鍵になるでしょう」。

「解りました。今、お話がありました韓国での仕組みの運用と実行の件ですが、回収する生ごみの対象をレストラン、焼き肉等の飲食店、スーパー、デパートそして業務用ビル、学校や官公庁、工場の食堂を中心にしてはいかがかと思います。その理由は管理されていることと、政府が制度でアメとムチの併用がきくので効果的だと考えたからです。キチンと分別をして生ごみの純度をあげたところには、優良事業として認定するとともに、市場の経済メカニズムを活用し、回収費用を軽減する措置を施せばいいのです。逆に、悪い事業者にはペナルティを課すことにより、改善のインセンティブを与えるのです。当面、家庭用は対象からはずしてもいいのではないかと考えます。現在の韓国における家庭ごみは、受け入れ処理の仕組みが未整備の状態ですので、今、これを含めると混乱が生じると考えます」。

三塚は皆の同意を求めた。

ここで三友物産の石川支店長からの賛同の声が上がった。

「私も三年近く、韓国で暮らしていますが、三塚さんの言うとおり韓国の家庭から出るゴミの分別は極めてあいまいです。生ごみとプラスチック、不燃ごみ、空き缶などが混ざったまま回収されている現状から、当面対象から外すと言われる三塚さんの意見に賛成です」。

「三国さんは如何ですか？」

三塚は三国重工の中村常務に問いかけた。

「私どもとしてはプラントメーカーとしてのリスクを極力、回避する観点からも、ぜひそういう方向で先方の了解を取りつけていただきたい」。

中村常務も賛同した。

三塚は次の課題についての提案を行った。

「三国重工さんからご提案のあった、国内におけるパイロットプラントの実施の件ですが、具玉子女史の甥がいる上野コリアン街にお願いしてみてはいかがかと思います。韓国レストラン、スーパー、商業ビルを何店かまとめてもらって、そこから出る生ごみを集め、三国さんの実験場に持ち込んで肥料、飼料化のテストを行ったらいいのではないかと思いますが、この点につきましてご意見はいかがでしょうか？」

すると三国重工の北川部長が、出席者にカラー刷りの資料を配布して説明を始めた。

「当社としましては、生ごみを集める仕組みについて、今、三塚さんがご提案された方法が実現できるのであれば、大変ありがたい。韓国において商業ベースで実施する前に、パイロットで問題点の抽出と改良等の工夫、必要であれば技術開発も含めて対応しておきたいと考えます。

資料にありますように、ごみの回収システムは既に完成しております。排出されたごみは必要個数セットされた真空の容器に入れて破砕し、ごみは破砕された状態で液状保管されます。容器の液面はセンサーで無線を介し、インターネットにより監視されるとともに、故障や異常等のアナウンスメントも可能であります。容器に液状化したごみが一定量溜まりますと、回収のための車が手配されますが、ごみの嫌な臭いが周辺に出ないようなバキューム回収方式を採用致します」。

ここで北川部長は皆の反応を待った。今度は三塚が質問をした。

「液状、つまりスラリー状で溜めるということですが、ポリ袋や場合によってはスプーンや灰皿のような金属類や、日切れ食品などのプラスチックトレイなどが混入することも考えられますが、それは大丈夫なのでしょうか?」

「その点につきましては、塩分の問題を除けば日本の場合と同じことです。そもそも実はなぜ、私どもがこの方式を完成できたかという背景についてご説明したいと思います」。

北川は資料の三ページを開くようにと言った。

「これは外部には漏らさないでいただきたいのですが、実は日本の法務省からの依頼で、刑務所内から出るごみの回収方式をそのまま利用するものなのです。

刑務所のごみ回収は従来、ごみ収集、運搬車が刑務所の中まで入っていたのですが、運搬人と犯罪者との接点ができてしまい、凶器や麻薬、現金などの受け渡し、さらには犯罪者逃亡の手引きなどに運搬人が介在していることが、何カ所かの刑務所で露見しました。そこで法務省から内々に、刑務所の中にごみ車が入らずにごみを搬出できる方法を、なんとか確立してもらいたいと私どもに相談がありました。今から三年ほど前のことです。そこで、代表的な刑務所の施設ロケーションを極秘で見せてもらい、食堂、売店、管理事務所等、ごみの発生箇所を確認いたしました。その結果、施設と外部の境界までの平均距離が約八十メートル程度であることがわかったのです。私どもの開発部隊がチームを編成いたしまして、その八十メートルを移動させるためのごみの液状化の研究と液状化したごみの搬送方式の開発に取り組みました。これには結局、約十カ月を要しましたが、遂に完成することができたのです。その間の研究開発に投入した資金は、三カ所で実施した刑務所ですでに回収しておりますので、これがそのまま、韓国でも利用できます。

またご心配の件は私どもも同じでしたのですが、破砕機の性能と、特許出願しておりますマグネット除去と風力選別等のデバイスを組み合わせておりますので、ご心配には及びません」。

皆は北川の話にうなずき、ビジネスのニーズの多様性、チャンスというものがどこにでもあることを再確認していた。

「問題は生ごみの高い塩分をどこで取り除くかという点です。今、考えておりますのはスラリー状態で運び込まれた後、脱水器でごみと汚水を分離し、塩分を汚水側に移行させればごみの塩分は除かれます。そして汚水はきちんと処理して、下水道や河川等に排出すればいいのではないかと思います。これら一連の技術については、私どもはかなり自信を持っていると思っていただいて結構です」。

そう言って北川は、上司の中村に顔を向けた。

中村常務は北川の説明を受けて次のように言った。

「今、ご説明しましたように、これらはかなり完成された技術と言えますが、処理できるだけでは目的を達成することにはなりません。韓牛の肥料、飼料として問題なく利用できるかどうかの確認が最大のポイントですので、パイロットテストで検証しなければなりません。テスト期間としては、ごみが回収可能となった時点から、最低十カ月は必要です。この間にプロセスの確立とできた肥料、飼料の動物実験、牛に与える品質面でのチェックを行い、その結果を韓国に適用して行きたいと考えます。テストに要する諸費用につきましては各社応分の負担をお願い致します」。

「大国エネルギーといたしましては異存ありません。三友物産さんはいかがですか?」。

三塚は石川支店長に尋ねた。

石川は商社マンのビジネス感覚から、本件がビッグビジネスになると感じ取ったのだろう。

「三友としてできることがあれば全面協力いたします。我々日本の三社と、韓国のソウル食物公社を含めたコンソーシャムを結成したらどうでしょう。もちろん、日本側がメジャーポーションを取るのが前提ですが」。

石川のひとことで、話はすんなりとまとまった。

「解りました。それでは私の方から具玉子女史に全体計画を説明するとともに、今月末に韓国で関係者と協議するということで本日の会議は終わりたいと思います。では成功を期して参りましょう」。

三塚が皆にそう伝えたところで、散会となった。

その後、三塚は具女史に電話を入れ、全体会議の日程調整と甥の具良雄へのコンタクトを依頼した。

韓国での全体会議は十二月二五日から二日間の日程で、ソウルの呉社長の本社で行われることになった。そして三塚達と上野のコリアン街の代表者との会合もその週末にセットされた。三塚は韓国との間をトンボ返りの出張となったが、何とか年内に基本合意を得ておきたかった。

ソウル食物公社のＶＩＰ会議室に日本側の三社メンバーと、韓国側の具女史、呉社長他数人、ソウルカルビ活性化委員会の韓常務理事、鮮部長他の総勢二十名が集まった。そして別件でソウルに来ていた、具女史の甥の具良堆も加わった。

三塚はこれまでの日本側での本件に対する基本スタンスと、日本でのパイロットテストを含めた今後のスケジュール及び韓国サイドへの協力の内容等について、種々の説明を行った。一連の説明を終えて、双方での確認を行い、積み残しがないかどうかの質疑応答がなされた。

まずはソウルカルビ活性化委員会の韓常務が、感に堪えないといった面もちで、日本側に敬意を表した。

「これだけの短期間で、ある程度の見通しまで含めた整理がされたことは、驚きであり、本当に感謝します」。

そしてこう続けた。

「韓日の共同プロジェクトを提案してくれたのは本当にありがたいことですが、日本側はこれらの技術、ノウハウを開示してくださるのでしょうか?」。

三塚は事前に三国重工とこの点に関して打ち合わせていたので、代表して答えた。

「今の韓常務のご質問はもっともなことです。つまり誰が発注者で、誰が請け負うのかをはっきりさせる必要があります。私達といたしましては、発注者は韓国政府であり、それを代行するソウル活性化委員会ではないかと考えます。そして請け負うのは日本側三社のコンソーシャムと、貴国が望むのであればソウル食物公社も入った拡大コンソーシャムということになります。従いまして、技術、ノウハウの開示についてはソウル食物公社との間で秘密保持契約を取り交わすことになろうかと思います。また、操業後の運転、メンテナンス等の要員は、貴国の雇用対策という観点から現地での採用を検討したいと考えます。」

次に具女史の甥の良雄が立ち上がった。

「私は本日、叔母の具玉子に呼ばれ会議に出席させていただいたのですが、内容についてはかねがね伺っております。三塚さんからの依頼もあり、上野コリアン街の協力者の名簿をお持ちしましたのでお配りします」。

そう言って、出席メンバーにリストを配った。

それによると、パイロットテストに参加協力してくれる店、事業所は良雄の店を含めて十軒となっており、ごみの排出量はだいたい一日当たりで三〇〇キロと書いてある。

それを見て三国重工の北川が言った。

「一日三〇〇キロということは、ほぼ計画通りの値ですので大変ありがたく思います。また、十軒の地域が固まっているので、真空の容器の置き場所は適当な場所一カ所で済みます。そして、一トンのバキューム回収車ですので、三日に一度の回収で済みます。なお回収時間は三十分程度ですので、協力していただける皆さんにはそれほどご不便はかけないと考えますが、どうぞよろしくお願い致します」。

ここで良雄は、協力者から確認してもらいたいと言われてきたことを、北川に尋ねた。

「私達は客商売ですので、ごみの臭いが周囲に出るのは困ります。ですからこれまではゴミ袋に入れて、店が閉まってから表に出していたのです。今度の収集方法ではその点は大丈夫なのでしょうか？」。

不安げな良雄に、北川はていねいに説明した。

「むしろ臭いの問題は今までよりも数段改善されます。というのも容器に入れる時も、収集車に払い出す時も真空状態で行われますので、外部に臭いが漏れることはないのです。容器の中に真空ポンプが内蔵されていて、ごみを入れる時、開閉扉を開けると同時にポンプが起動する仕組みになっております。また、収集車との接続時もポンプが作動しております。そして押し出しのポンプで車に送り出す構造ですのでご心配いりませんよ」。

「それを聞いて安心しました。実は上野だけでなく、浅草や新宿を始め飲食街では二種類のカラスに悩まされているんです。

ひとつは鳥のカラスで、朝方ごみの袋を食いちぎってしまい、開店前に散乱したごみの清掃と消臭を繰り返しているのです。夜のごみ収集を区にお願いしているのですが、雇用慣行の制約もありまして、なかなか実現しません。そしてもうひとつのカラスは、仲間内の隠語ですが、ホームレスのことなんです。彼らは店が閉まった後にコリアン街に来て、残飯を漁るのです。韓国料理はご存じの通り盛りだくさんに料理を出すので、余ったものが大量にごみとして出てしまうものですから、そこに眼を付けたホームレスが漁りに来るのです。これも頭の痛い問題です。ですから、私達は祖国のお役に立ちたいということに加えて、カラスの問題も解決して戴けるのではないかと考えて協力することにしたのです」。

ホッとしたのか、良雄は思わず本音を吐露した。

三塚はそのやりとりを聞きながら、これがうまくいけば日本でも利用できるし、ビジネスの領域が広がるような手応えを感じた。いくつかの確認を出席者の間で取り交わして、その日は終わった。

今日はクリスマスだったが、経済が厳しい状況なのかソウルの街もあまり元気がない。三塚は日本メンバーの誘いを、先約があるとからと断り、愛子と待ち合わせたホテルのレストランに一人で足を向けた。待ち合わせたレストランは、ワールドトレーディングセンターの五三階にある中華料理の店で、愛子はすでに到着しており、三塚の姿を見て軽く手を振った。

夕方の七時を少しまわった時間帯だが客はまばらで、すぐにボーイが二人のテーブルに近づいてきた。二人は飲み物とア・ラ・カルトを四品ほど頼んだ。

「お仕事の方はどうなんですか?」

愛子が三塚に促した。

「今日から例の韓牛の件で、日韓のプロジェクトがスタートしたところですよ。これは僕の予想なんだけど、きっと上手く行くと思う。とにかく一緒にやるメンバーが素晴らしいし、韓国側も政府をあげてということになりますからね」。

「それは良かったですね。三塚さんと会ってそうした話を聞くと、少し元気が出ます」。

愛子は力なく相づちを打った。

「少し、ですか? なにかありましたか?」。

三塚は心配そうに愛子の顔をのぞき込んだ。

「ええまぁ。実はあの事件からちょうど十年が過ぎたのですけど、私には腑に落ちないことがたくさんあって、どうしても心の整理ができないんです」。

「そうか。あなたのフィアンセが一一五人の犠牲者の一人となってから、もう十年の歳月が過ぎたんですね。しかし、遺体も飛行機の機体も見つからないのだから、あなたの気持ちもよく解りますよ」。

「あの事件の後、私、いろいろと調べてみたんです。もちろん、素人が知ろうとしてもたかがしれてますけど。でもね、そうしたら不可解なことがたくさん出てくるんです。

当時、韓国ではソウル・オリンピックを控えていて、事件後の発表も北朝鮮がオリンピックを破綻させるためにテロを行ったと言ってました。でももし北朝鮮が韓国のオリンピックを妨害したいと思うなら、犯行声明なりテロを示唆するのではないかしら。そうすれば日航機を始め、世界の飛行機は危険と思われてオリンピックを妨害できたかもしれない。三塚さん、私の言うことはおかしいですか？」。

愛子は自信なさげな目で、三塚に尋ねた。

「いや、僕にはよく分からない。ただ、平壌《ピョンヤン》の声明は、たしかこの件に関しては何ら関係していないということだったと記憶しています。つまりソウル・オリンピックは北にとって面白くはないけれども、そのために反対工作をする意志はなかったとも取れますね」。

三塚は用心深く答えたが、愛子は意を得たりとばかりに、今度はぐっと身を乗り出してきた。

「そうでしょう？　しかも北のテロを大々的に取り上げたのは、韓国政府の方なんです。でもそんなことをすればオリンピックを開催できなくなる可能性だって出てくるのではないかしら。テロの脅威に晒された国が、そんな国際的なイベントをする資格があるのかといった声も出てくるでしょうし」。

「それじゃあ、あなたは北ではない誰かがテロを仕掛けたとでもいうのですか？」。

「いえ、そんなことまで考えが及ぶわけはないけれど。でも、私の中でなにかが引っかかっているんです。
そのひとつはオリンピックもそうですけれど、事件が韓国初めての普通選挙による大統領選挙の直前だったということなんです。結局、大統領選挙の結果は韓国与党、民主正義党の盧泰愚《ノ・テウ》候補の圧勝だったわけだけれど、朴正熙《パク・チョンヒ》そして全斗煥《チョン・ドハン》の後継者として北との対決姿勢にあった彼に、この事件が追い風になったということはないかしら。当時、対立候補だった金泳三《キム・ヨンサム》や金大中《キム・デジュン》は、比較的北に対して温和な姿勢でした。これは今の金大中大統領の北に対する太陽政策を見ても、あながち見当違いではないと思うのですけれど」。

「ということは、あなたはこの事件によって誰が得をしたのか、という視点で見た時に別の犯行動機もあり得ると思っているんですね」。

「さぁ。私には分からないけれど」。

愛子は急に虚ろなまなざしになって、ポツリと言った。

「彼の遺体が確認できていないせいなのか、どこかで生きているかも知れないと思ったりすることもあって、時々たまらない気持ちになるんです」。

二人の話が込み入っている様子なので、先ほどのボーイがオーダーした飲み物を持って少し離れて立っていたが、タイミングを見はからって近づいてきた。

「今夜はクリスマスだから。まずはとりあえず乾杯しよう」。

三塚と愛子は、お互いのワイングラスをカチリと合わせた。

「三塚さんのお仕事がうまくいきますように。そしてお邪魔でしょうが、いつまでも愛子の相談相手になってくれますように」。

「相談相手でもなんでも、あなたの力になれることがあればいつでも。ただしあなたに好きな人ができるまでですよ」。

そしてその後はワインを飲みながら二人は近況を語り合ったが、三塚は愛子の先ほどの言葉の続きが気になっていた。

「愛子さん、さっきの話だけど。いくつかの疑問って、まだあるんでしょう？」。

「ごめんなさいね、せっかくのクリスマスに時間をさいてくれたのにこんな話をするなんて。私自身、ちょっとねじくれちゃったのかもしれません」。

「そんなことはないですよ。誰だって自分の大切な人を奪われたら、その原因を突き止めたくなるのは当然です。僕だってそうしますよ」。

「じゃぁ、お言葉に甘えて、あと少しだけいいですか？

あのね、もうひとつ疑問があるんです。あの北の工作員だった金賢姫《キム・ヒョンヒ》が彼女のボディガードを勤めた元安全企画部の捜査員で、実業家の人と結婚したという噂についてなんですけれど。

その相手の人は精悍な顔つきのハンサムだそうで、若い女性達の憧れの的だったんですって。

金さんの身辺警護を担当するうちに、自然に恋心が芽生えていったと週刊誌で読みました。その時、私は眼の前が真っ暗になりました。私の最愛の人を、お国の指令とはいえ命を奪っておきながら、彼女は韓国の実業家と結婚するなんて……。この世に本当は神様なんていないのかしら？」。

三塚は愛子の気持ちを思うと、思わず目頭が熱くなるのを覚えた。そして愛子に尋ねた。

「金賢姫も苦しい思いをしていたのだろうが、それにしても韓国の男性と結婚するとは驚いた。あなたは彼女を許すことはできないでしょうね」。

「数カ月というもの、彼女を怨みました。私の最愛の人を返してくださいと。しかしこれは、同胞の女性が、生まれて育った国が違ったために起こした悲劇で、彼女も被害者の一人なのだと自分に言い聞かせ、今は彼女を許すように努めています。彼女には幸せになってもらいたいとも思うようになりました」。

そう言うと愛子はハンカチーフを取り出して、静かに顔にあてた。しばしの時間が二人の間に流れた。

三塚は愛子にかける言葉を探していたが、やっと口を開いて愛子に言った。

「あなたが本当に苦しみぬいた結論を聞いて、改めてあなたの素晴らしさ、優しさが良く判りました。

でもね、僕はこう思いますよ。北がテロを行ったのは事実でしょう。その他に韓国要人を狙ったテロ事件もたくさんある。北はなんらかの彼らの意図でテロを実行しているんです。だから今回の事件もその一環だと思うのが自然なのではないだろうか。それが意図的かどうかは別にして、結果として大統領選で与党に味方したのではなかったのかと思う。あなたが思うことも理屈としては考えられるかもしれないが、自由と民主主義のあなたの国がとる選択ではないと思いますよ」。

「そうね。私の祖国がそんな卑劣な行動をとることはないと、私も信じたい。そしてあなたがこれから取り組む韓日の大事なお仕事が、うまくいくことを心から願っています。

この話は韓国の人には言えなかったんです。胸の内を三塚さんに聞いてもらって気が晴れてきました。もう、忘れるように努力します」。

そういって愛子はにっこりとしてみせた。

「そういえば、北朝鮮と日本には国交がないので調べようがないのだけれども、当時の資料で見ると韓国捜査当局は、金賢姫は北朝鮮労働党所属の工作員であり、金正日《キムジョンイル》総書記の指示を受け、ソウル五輪を妨害する目的で大韓航空機を爆破したことを認めたと発表しましたが、その際、金賢姫はさらに驚くべきことを自白したんです。」

「それは私も知っています。日本人の拉致事件との関係でしょう?」。

「そうです。金賢姫は日本人になりすまそうと、日本語ばかりでなく日常生活の立ち居振る舞いまでを学び取るため、教師役の日本人女性の工作員と寝食をともにしていました。その日本人工作員は北朝鮮では李恩恵と呼ばれていましたが、実は彼女は日本の海岸で拉致された女性だというんです。これには日本のマスコミも色めきたち、過去の三件のナゾの蒸発事件も含めて大騒ぎになりました。調べによると、金賢姫は想像以上に李恩恵のことを覚えていて、それによると彼女は東京の生まれで、高校を卒業してすぐに結婚し、そして離婚して、拉致された当時は三歳と一歳の子供がいたそうです。その後の警察の調査で、彼女が埼玉県に住み、東京都内でホステスをしていたC子さんであると発表したんですよ」。

「どうしてC子さんなんですか？　名前を公表しないのは、なにか都合の悪いことでもあるのかしら？」。

「僕も名前を出せば、さらに情報が集まると思うのだけどね。金賢姫もインタビューでC子さんに間違いないことを証言しているんですよ。ただ、C子さんの親族は事件当時から、拉致に間違いないことを確信していたようです。でも残された子供を騒ぎに巻き込ませたくないとして、あえて否定し続けたんですね」。

「でも、子供はなんの関係もないのにどうしてなんですか？」。

「僕にもその理由はよく分かりません。ただこれは仮定の話だけれど、北のシンパは日本にたくさんいる。例えばパチンコ業界の一つの主流は北朝鮮系だし、同じく信用金庫なども金の流れの有力なソースと言われています。また情報活動を続けている機関が、北の指令のもとで日本に潜入してもいます。なにしろ日本ほどインテリジェンスの収集の楽な国はないですからね。そのどれかからC子さんの親族に圧力がかかったとも考えられる。子供に危険が及ぶとかね。あるいは北と関係なくC子さんを取り巻く内部事情ということもありうる。別れた亭主が子供の親権を主張していたとか、金銭関係等いろいろとあるのかもしれないですしね」。

「まさに不幸せな家庭にはそれぞれ違った背景があるのですね」。

愛子は、小さくつぶやいた。

食事を終えた二人は、チェックアウトを済ませてWTCビルの表玄関から外に出た。道路に歳末の恒例行事となっている社会鍋運動が展開されていたので、三塚は一万ウォン札を一枚寄付した。

「クリスマスだというのに景気が落ち込んでしまって、失業者も大分増えているんです。私のお店は外国のお客さんが多いのでそれほどのダメージは受けてないけれど、他のところは大変で、閉店に追い込まれたところもたくさんあるんですよ」。

愛子は三塚のオーバーコートの袖をそっと掴みながら言った。

「でも韓国の政府も経済復興に総力を上げているし、なによりも国民がそれを支持して当面痛みを甘受するとまで言っているのだから、早晩、復活すると思いますよ」。

もちろん、三塚にもそれほどの確信があるわけではなかったが、韓国も日本と同じく、目標がはっきりしている時は力を発揮する国だと思っていた。

歩きながら話をしているところにタクシーがやってきたので、彼女の家まで送ることにした。彼女は仕事柄、夜が遅いので実家とは別に近くにマンションを借りていた。マンションのそばで愛子をおろして、投宿しているホテルに戻った。


フロントで石川支店長からのメッセージを受け取った。石川と古山はこちらの駐在なので自宅があるが、他のメンバーは同じホテルに泊まることになっていた。メッセージは、石川と古山、三国重工の中村常務と北川部長の四人で最上階のラウンジにいるので来てほしいという内容だった。メッセージが託された時間は十時半となっていた。十分前くらいのことらしい。すぐにラウンジに向かった。

「遅くなって申しわけない。ちょっと約束があってね」。

三塚は四人の座っているテーブルに座ると皆に頭を下げた。

「三塚さんは韓国に何十回も来ているから、お目当ての女性でもいるんじゃないんですか？

まったくこれだけ仕事熱心なのに隅におけませんね」。

石川が店の女性を呼んでワインを注文しながら、三塚にいたずらっぽい目線を投げかけた。

「またまたご冗談でしょう。僕は今、具玉子女史に頼まれた韓国経済の浮揚のために、皆と力を合わせるだけで精一杯ですよ。

ところで何か新しい情報でも入ったのですか？」

三塚は今まで誰と会っていたかについては全く触れずに聞き返した。

三国の北川部長が、本社からホテルに届いたファックスを手に持って、三塚に説明し始めた。

「実は、当社と技術提携しているオランダのバンデル社から、ヨーロッパで流行っている狂牛病に関しての報告書が届いたのですが、どうも牛に与えている飼料にその原因がありそうだということなのです。まだ詳しいことは解らないのですが、食品残さをリサイクルしているので、ある成分が狂牛病に関わっているのではないかというのがバンデル社の見解です。もしも本当なら我々のプロジェクトにも少なからず影響しますので、できれば年明け早々にも、関係者でヨーロッパに出張して調べる必要があると思われます。三塚さんのご意見はいかがでしょうか？」。

「狂牛病は日本、韓国、アメリカなどでまだ発生していませんが、イギリスを始めとしてヨーロッパで大きな問題になっています。それはぜひとも調べて、原因の特定化と排除の方法を見つけなければなりません。年明けの一月中旬であれば私も時間を空けられますので、北川さん、アレンジをお願いできませんでしょうか?」。

三塚は飼料中のいかなる成分がその原因なのか、ヨーロッパの特殊事情なのか、専門家の意見を一刻も早く知りたいと思った。

「それでは、明日戻ったら早速、バンデル社にアレンジを頼んでみます。三友さんはどうされますか?」。

石川は手帳をめくった。

「私はちょうどその時期中国に行って、当社の社長と何箇所か廻らなくてはいけないものですから、古山君に行ってもらいます。それからヨーロツパの駐在員をアテンドに使ってください。古山君、それでいいかね?」。

古山は、依存はないと言った。そしてこう続けた。

「私は会社に入って、ちょうど二五年になるんですが、その記念に年末年始に家族とヨーロッパに行く予定なんです。ですから、そのまま残れば対応が取れます。家族に言って、行くタイミングを後ろにずらしても構いません」。

翌日の夕方、三塚が帰国すると、上野のコリアン街の具良雄からメールが入っていた。週末の会合は都合により翌年の一月下旬でお願いしたいということであった。三塚は了解のメールを打つとともに、中旬のヨーロッパ視察をパソコンのスケジューラにインプットした。

第四章　狂牛病パニック

ヨーロッパ視察は翌年の一月第三週にスケジュールが組まれて、日曜日のエールフランスに三塚、北川、中村常務、そして三国重工のバイオ研究所の土方主席研究員の四人が乗り込んだ。古山はパリで合流することになっていた。

厳寒のヨーロッパは暗く、また景色も料理も今ひとつというところで、仕事とはいえ難儀なことだった。

機内の乗客はまばらで、若干のヨーロッパ人とアジア人が搭乗していたが、そのほとんどが日本人だった。三十分遅れで成田を離陸した搭乗機が水平飛行に移るとすぐに、北川から資料が配布された。

資料には今回のスケジュールが記されていた。見るとなかなかの強行軍で、バンデル社とのディスカッション、そして狂牛病の発生した酪農家とのミーティング、オランダ以外の周辺国であるドイツ、フランス、ベルギー、そして酪農に力をいれているスイスでのビジネスミーティングと盛りだくさんである。そしてバンデル社の中間報告も同じく配布されていたが、ヨーロッパ各地で発生した狂牛病は、ある特定の飼料メーカーの配合飼料を使用していたことが判明したと報じてあった。さらに、牛の屠殺解体時に、食用に供しない部位を肉骨粉化して飼料に配合していることも判明したとあった。ただしこの肉骨粉が狂牛病の原因かどうかはまだ、不明であるとも記されていた。しかしこの点については三塚は専門外で、隣に座っているバイオの専門家の土方に意見を求めてみた。

「土方さん、この部分ですが、牛の部位を配合したことと狂牛病との間に因果関係がありそうだということなのでしょうか?」。

土方は四十代の半ばで、遺伝子工学の分野で博士号を持っているバイオの研究者であったが、当たりが非常にソフトで、いわゆる学者というのとは雰囲気が違っていた。

「そうですね、私も今回中村に同行を命じられてから、この件についてヨーロッパの仲間ともメールやテレビ会議を通じて、だいぶ情報交換したのですが、よく因果関係が判っていないようなんです。

ただし、こういうことは言えると思います。今回、牛の肉骨粉を配合飼料に混ぜたことが問題視されておりますが、この方法は世界各国とも行ってきたことで、なにも珍しいことでもなんでもありません。もちろん、日本でもアメリカでも韓国でも同じだろうと思います。ですから、肉骨粉そのものが問題なのではなくて、なぜ狂牛病を発生させるような肉骨粉になってしまったのか、ということが最大の問題だと思います。

たとえばの話ですが、なんらかの原因で牛が狂牛病にかかったとします。その牛が解体されて食用に供さない部位が配合飼料として使われたとしたら、それを食した牛は狂牛病に罹患する確立は高くなるのではないでしょうか」。

土方は自分の考えを整理しながら三塚に説明した。

「なるほど。そうすると土方さんは、肉骨粉そのものが原因ではなくて、肉骨粉を悪者に変えた原因がなにかを探すことが、重要だと考えているのですね」。

「そうです。ただし、今起こっている状況を考えますと、肉骨粉を飼料に入れないという措置は、各国とも取らざるを得ないと思いますが」。

「解りました。すると今回のプロジェクトの件ですが、食品残さを肥料、飼料化する際に問題になりますね」。

「そういうことになります。つまり食肉市場から出される牛の未利用部位は、念のために別系統に分けて収集しなければならない、ということになるでしょうね」。

「なるほど。しかし、韓国では外貨が厳しいとはいえ、外国からもいくばくかは飼料として肉骨粉を入れていると聞いておりますので、これもストップさせることになりますね」。

三塚は土方との会話の中でいくつかの示唆をメモした。

成田を飛び立ってから五時間近くが経過していた。ロシアの上空を飛んでいるというアナウンスがあり、スチュワーデスが食事を運んできた。三塚と土方はブルゴーニュ産の赤ワインを注文し、お互いの健闘を祈念して乾杯した。前の席では北川と中村常務がビールを飲みながら談笑している。

「土方さんはこれまでどんな研究をしてきたのですか?」

三塚は興味深そうに尋ねた。

「私はもともと生化学が専門でして、海外のごみ処理プラントの基礎的な実験を数多く手がけてきました。そういえばご存じですか? ヨーロッパは民族性の違いによってそれぞれごみの処理方式が微妙に違うのですよ」。

「そういうものなんですか。私などは一つの大陸で人の交流も活発ですので同じかと思っていたのですが。民族性の違いでごみ処理方式が違うというのは面白いですね」。

「そうなんです。フランスやイタリアはラテン系で自由主義が徹底してますのでごみを分別する習慣がないのです。自由で個人主義の良さもあるのですが。そのために、瓶やカン、雑誌類、不燃物などを回収した後、分別センターで仕分けています」。

「生ごみはどうしているんですか」。

「ヨーロッパは家庭などでディスポーザーが普及していますので、そのまま下水に排出されます。最終的にはメタン発酵でエネルギー回収しているんです。フランスは最近、一〇〇〇トンクラスの大型焼却炉がパリでも稼働しておりますので、その他の可燃物は燃やしてます」。

日本は家庭排水と雨水が一緒に下水道に流れるためにディスポーザーはほとんど採用されていない。新しい高級マンションでは敷地内処理を前提にディスポーザーを売り物にしているところも出てきたが、まだまだだ。

「その点、ドイツやオランダはまじめな民族性と地理的な関係もあってごみの分別は徹底しています。不燃物のリサイクルと可燃物のエネルギー回収は日本も見習うべきですね」。

「食文化もそれぞれのナショナリティーが出てますよね」。

「ええ。ヨーロッパの食文化は大きく分けますとふたつに分類されます。ひとつはフランス、イタリア、スペインに代表されるワイン圏、もう一つはドイツ、イギリス、オランダ、デンマークなどのビール圏です。この違いは気候、風土の違いに大きく起因していると思います」。

「おもしろいですね。気候、風土だけですか?」

「それ以外にキリスト教の違いもあるようです。ワイン圏はカソリック、ビール圏はプロテスタントが主流です。なぜなのかはよく判かりませんが。

そしてワイン圏は小麦がよく育ちます。すると主食のパンやパスタがおいしい、そしてワインが美味しいとなれば当然、料理のメニューも豊富になるのです。ですから世界の三大料理のひとつとしてフランス料理やイタリア、スペイン料理が挙げられるのです。残りのふたつは中国と日本ですが」。

「日本料理も代表のひとつといわれるのは嬉しいことですが、本当に世界的に認知されているのですか?」

「今、世界的にヘルシー指向が高まっているのは三塚さんもご存知でしょう。日本人の平均寿命の高さは世界一ですし、肥満の割合は先進諸国の中でも最も少ないのです。天然の味をできるだけ生かす食材の加工の仕方は、海外からも高く評価され、寿司やテンプラも家庭に入ってきています。中国料理は四千年の歴史とよく言われておりますが、伝統の重みと素材の豊富さは圧倒的です。そしてこの三大料理にはひとつの共通点があるんですね」。

土方はそう言ってからワイングラスを空けて、今度はシャブリの白をリクエストした。

「共通点というのは主食ではなくて、料理のベースのことですか?」。

「いえ、それはお酒が共通しているのです。ワイン、紹興酒、日本酒に共通しているのはアルコールの度数が皆、一五度前後なのです。もちろん、度数は発酵の程度で強くも弱くもできますが、なぜか一五度に収斂したのです。その後、色々な研究がなされて、一応の見解が出ております」。

「なるほど。料理はそれぞれ違うのにお酒の度数が同じとは知りませんでした。その見解を教えてください」。

三塚は土方の話に引き込まれて行った。

「料理の主成分は水分です。約七割から八割が水分で、残りが油分やその他のミネラルですので、食した時に美味しいと感じるには、水分と油分が舌の味覚を掌るところで親和することが大事です。その親和をアルコールが受け持つのです。そして永い歴史の中で一番適した度数が一五度と言うわけです。もっともこれは私が研究したものではありませんので受け売りですけどね」。

「とすると、ビール圏では水分と残りの成分が、あまり親和しないまま食事をしていることになるんでしょうか」。

「学術的にはそう言えるかもしれません。ビール圏では小麦が美味しくない、パンも美味しくない。従って、料理のメニューが豊富でない。事実、ソーセージとジャガイモとチーズが食事のメインとなっている国々が、ビール圏といえるのではないでしょうか。イギリスではスコッチが有名ですが、美味しい料理とのコンビネーションはいただけません。ただし、料理とワインで何時間も費やすワイン圏の人々と、ビールと簡単な食事で済ますビール圏の人達と、経済のポテンシャルという観点では、どちらが優位かということはいえないですね」。

「国の選択の問題でもあり、国民の気質の問題でもありますね。将来、ＥＵが統一されるようになったら変化が起こりますね」。

三塚自身、自分はどちらを選択すべきなのかの回答を持ちあわせていない。観光産業で生きていくのか、あるいは工業や商業立国として生きていくのか、さらに両者をバランスさせる知恵はあるのか。いずれにしてもその国の国民が判断することなのだ。

食事を終えた後、二人は着陸までの数時間を眠っておくことにした。

エールフランスは、夕闇の迫るシャルルドゴール空港に到着した。空港での手続きを済ませてゲートに出ると、古山と三友物産パリ駐在員の上田が待っていた。

「真冬のパリへ、ようこそ。とにかく寒いですからコートを着たままで車に乗ってください」。

古山と上田が四人の手荷物を手際よく、用意したバンに積み込んだ。

夕方の六時を少し回ったところだが、すでに日は落ちており、暗い道路をモンパルナスのホテルに向かった。

「古山さん。ご家族はどうしたのですか。」

三塚は古山に尋ねた。

「もうとっくに帰りましたよ。子供の学校が七日から始まるものですから、女房ともども五日の日に帰りました。その後、私は同僚の上田君のところで二日ほど世話になり、あとはオランダとドイツ、ベルギーで事前の打合せをしていました。それと残念なのですが、スイスのアポは先方の都合で取りやめになりました」。

「それはせっかくのバカンスのあと、ご苦労でした。また明日からの一週間、ハードだけれどよろしく頼むよ」。

今度は三国重工の中村常務が、古山と上田をねぎらった。

皆を乗せたバンは、一時間ほどでホテルに着いた。

「今晩はどうしましょうか？」

古山が皆の都合を確かめようと、尋ねた。

「私は機内で眠れなかったので、今日は先に休ませてもらいたいのですが。他の方々はどうぞ御随意に」。

そう言ったのは中村常務だった。やや年配の中村は、多少疲れが出たらしかった。

「ではあとの方々は、このホテルから歩いて五分ぐらいのところにある、我々がよく使うバーレストランにご案内します。自由参加ですが、三十分後にロビーで待ち合わせることにしたいと思います。行かれない方はおっしゃって下さい」。

上田はそう言いながら、店の地図をそれぞれに手渡した。

三塚は四階の部屋に荷物を置くと、シャワー室で身体を洗い、髭を剃って身支度を整え、下のロビーに降りて行った。

上田が三塚の姿を認め、近づいて話しかけてきた。上田とは今回初対面であったが、まだ三十代の半ばでヨーロッパ駐在は四年目ということだった

「三塚さんのご活躍は、古山や石川支店長から伺っております。このプロジェクトが成功すれば韓国に三塚さんの銅像が建つと聞いていますが。すごいことですね」。

「いや、銅像の話は尾鰭がついて面白おかしく言われたんですよ。しかも、仕事はそう簡単ではないし、今回の調査も含めて各所からグローバルな協力がぜひとも必要です。上田さんにもお力を借りなくてはならないので、よろしく頼みますよ」。

「僕、三塚さんのお話を古田から聞いていて憧れていたんです。本当はエネルギーの専門家だとも伺っているのですが、どうしてごみの肥料化に力を入れていらっしゃるのですか」。

それは、と三塚が答えようとしていたところで残りのメンバーが揃い、話は途中のまま、皆で予約した店に向かって歩き出した。

店はモンパルナスのダウンタウンの一角にある洒落たバーレストランで、暗い店内には先客が三組ほどいた。五人で窓側に面したテーブルに陣取った。三塚の頭には、機内で土方に聞いた話が残っていたが、あまり食欲も湧かなかったのでとりあえずビールを選んだ。そして、シーズンの牡蠣を頼んだ。生牡蠣は色んな種類を取り混ぜて、アイスクラッシュを敷き詰めた大皿にどっさり盛られて出てきた。日本産の種を南フランスに持ち込んで養殖した大型の牡蠣も混ざっている。

しばしの歓談が続いた後、上田が、さっき途切れた三塚のごみプロジェクトの話を持ち出し、そちらに話題が移った。

三塚はエネルギーが本職なのになぜ、ごみの資源化に注力しているのかについて話し出した。

「確かに、私の所属している会社はエネルギー会社です。そして資源のない日本のエネルギーの安定的な供給と、利便性の確保は我が国にとって重要な仕事だと思っています。

かつて日本がＡＢＣＤ包囲網によって石油の輸入が絶たれて、戦争に突入せざるを得なかったのはご存知のとおりです。今も基本的な構図は変わっておりません。もちろん、経済もグローバル化していますし、エネルギーの多様化や安全保障体制の構築等により、戦前の悪夢が再現するとは思いませんが、地政学的には変わっていないのです。

そして今後、中国やインドのような人口大国が経済発展すれば、間違いなくエネルギーの争奪戦が起こると考えなければなりません。その時、日本の味方が世界にどれだけいるのかがポイントになります。残念ながら日本の味方は世界にそれほど多くおりません。確かに日本はＯＤＡ、無償援助やアンタイドの紐付きでない借款などは世界のナンバーワンではありますが、政治的にも軍事的にも極めて無力です。

ごみや廃棄物は静脈系統です。人間も動脈と静脈のバランスがとれていないと生きていくことはできません。エネルギーや水が動脈、ごみや廃棄物や公害は静脈と考えますと、どちらがダメージを受けても経済社会は正常な営みを続けることができなくなるのです。ですから、私はエネルギー屋でありますが、静脈産業にも力を入れたいのです。そして近隣の国から助けて欲しいと言われれば、協力して味方を増やしたいのです。もちろんビジネスベースが前提ですが、ありがたいことに会社の方針とも合致しております」。

皆が三塚の話につり込まれていたが、上田が鋭い質問を投げかけた。

「三塚さんは日本の場合、動脈と静脈のどちらが先に駄目になるとお考えですか？」。

三塚は自分がこれまで取り組んできたエネルギーと環境問題について、やや具体的に解説を行った。

「今、日本に輸入されている物資、これはエネルギー、原材料、食料、製品などですが、年間約七億トンが入ってきております。一方、輸出は自動車とか半導体、工作機械、その他の高付加価値商品等で、こちらは約一億トンです。ということは六億トンが日本の国内や大気、海域に放出されていると考えられます。エネルギーの大半は熱や電力、さらに高炉の原料として消費されますので、これが炭酸ガスや水蒸気、環境汚染の原因になるＳＯｘやＮＯｘになるのです。その他の残さは産業廃棄物やごみとなって排出されます。

以前ニューヨークの周辺で、廃棄物を搭載したバージ船がどこにも受け入れられずに彷徨ったことを思うと、動脈よりも静脈系統が破綻をきたすのではないかと懸念しています」。

一同は黙ってうなずいた。

あくる日の朝七時、上田の運転するバンに搭乗して、パリ郊外にある、日本でいうと厚生省にあたる行政機関に出向いた。今日もどんよりとした日で太陽は見えない。凱旋門を左手に見ながらバンは一路、北にむかって走り、一時間ほどで目的地に着いた。

現地では、行政と国際担当、そして飼料・肥料を担当している三人の役人メンバーが三塚達を出迎えた。

挨拶もそこそこに、三塚が今回の訪問の主旨を説明し、現在、ヨーロッパで問題になっている狂牛病の原因と解決策について、フランスとしてはどのように考えているのかを質問した。

バルー国際担当は資料をもとに、次のようなプレゼンテーションをした。

「フランス人はもともとステーキを好む国民性であることに加えて、世界の観光客が集まる観光大国であり、狂牛病はフランスにとって非常に深刻な問題となっています。

世界で初めて狂牛病の牛が見つかったのは一九八六年のことでした。その後、イギリスでは一八万頭の牛が狂牛病になり、これまでに三〇〇万頭を超える牛が焼却処分されました。ピーク時の九二年には、年間で三万六千頭の牛が感染しました。狂牛病の原因は〝プリオン〟と呼ばれる病原体です。プリオンはタンパク質だけで横成され、ウイルスよりも小さい謎の病原体です。なぜ謎の病原体かと言うと、プリオンは遺伝子を持っていないのです。

そしてプリオンによって起きる病気は狂牛病だけではありません。かなり以前から羊にも同じような症状、すなわち脳がスポンジ状になってしまう〝スクレイピー〟という感染症が知られておりました。ここまでで何かご質問があればどうぞ」。

「今のお話にあったスクレイピーは日本でも発見されていまして、一九八四年以降だけでも六〇頭近くの羊が感染しております」。

土方が補足した。

「そのデータは私どもも把握しております。プリオンはウイルスや細菌と違い、熱に対して非常に強いのです。プリオンの感染能力をなくすには八〇〇度という高温で焼却しなければなりません。すなわちプリオンは調理する程度の熱では感染力を失わせることができないのです。加えてプリオンは熱だけでなく放射線、紫外線や他のあらゆる消毒剤にも強靱です。従いまして、プリオンの感染を予防することはほとんど不可能に近いといえます。その上、感染したら治療法もいまだに見つかっていないのです。なんとも厄介な病原体です」。

そう言って、バルーはミネラルウォーターをグラスに注いだ。

「専門的なことはよく解りませんが、原因が羊のプリオンだとすると、どのような感染経路で牛に入ると考えたらよろしいのでしょうか？」

三塚はバルーに質問した。

「イギリスが最も被害が大きいのですが、おそらく、スクレイピーに感染して死んだ羊の骨粉を加工して、成長促進用の飼料に添加したことによって狂牛病が発生した、というのが正しいのではないかと考えます。イギリスでは以前から、スクレイピーに感染した羊が数多く確認されております。さらに、狂牛病にかかった牛の骨粉を飼料に混ぜる、といった悪い連鎖がことを大きくしたのでしょう」。

さらにバルーは話を続けた。

「こうした現実を受けて、イギリス政府は狂牛病と人間が発症するヤコブ病との関係について、牛肉を食するとヤコブ病にかかる可能性があるということを認めたのです。その翌日にはフランス、ベルギー、オランダ、スウェーデン、ポルトガルがイギリスの牛肉を輸入禁止しました。さらにイタリア、ドイツも同様の措置を実施しました」。

「イギリスの酪農家は大打撃ですね」。

「もちろんです。九六年の三月に、イギリスのメージャー首相が、ヨーロッパ諸国がイギリスの牛肉を輸入しないのならば、イギリスはＥＵに協力できないと発言して、ヨーロッパ諸国の顰蹙をかったこともありました」。

「ちなみに現在、生ごみの処理はいかがでしょうか？　肥料化や飼料化にはリサイクルしていないのですか？」。

北川部長が質問した。

今度は行政官のベルジュがフランスのごみ処理の現状についていくつかのスライドを基に説明した。

「以前は埋め立てていたのですが、最近は焼却とバイオガスを取り出す方向に変わりつつあります。フランス人は自由と個を重視する国民ですので、残念ながら生ごみだけを分別するのが難しいのです。つまりいろいろと混ざってしまうものですから、肥料化や飼料化は現実的でないと思っています。しかし、このことが狂牛病との関係で言えば幸いしているともいえます」。

その後も双方の情報交換が続いたが、予定の時間になったので三塚達は行政機関のメンバーに別れを告げて、近くの食肉市場に車を走らせた。

十分も走ると赤い屋根の食肉市場が見えてきた。ここでは牛、豚の解体作業と冷凍、出荷に加えて品質検査も行っている。

赤ら顔をした、農場主任のビラードに話を聞いた。

「ようこそ。日本人の方々がここにいらしたのは初めてですよ。行政官のベルジュ氏から皆様の訪問主旨は伺っておりますので、早速本題に入りましょう」。

ビラードはそう言って会議室に案内をした。名刺の交換をした後、ビラードは牛の輸入状況と検疫、解体のプロセス、品質管理と輸送方法等について詳しく説明した。

「特に皆様が注目している点は、不要な部位の処分をどうしているかということかと思いますが、狂牛病が話題になる以前から、肉骨粉を牛の成長促進用として使うことはしておりません。この理由は〝種の壁〟という考え方を、これまで採用してきたからです。

例えば羊の〝スクレイピー〟は二〇〇〇年も前から確認されていました。それでも人間は羊を食してきたのですが、感染したという報告はありません。スコットランドの名物料理は〝ハギス〟といいますが、これは羊の内臓の腸詰めです。私もよく食べますよ。つまり種の違いが感染の壁になるという考え方です。従って、牛からの肉骨粉は羊等の他の食用動物に与えたのです。しかし、狂牛病と新型ヤコブ病との関連性が専門家の間で議論されるようになってからは、他への使用も禁止いたしました。日本では狂牛病は発生しておりませんね」。

「それが不思議なんです。九十年から九七年までに三三〇トンの肉骨粉を輸入しているんですが、いまだに狂牛病に感染したという事例が出ていないのです。

日本の農水省がEUからの輸入を全面的に禁止してきたのは生きた牛、牛の精液と受精卵、牛肉や加工品などでした。肝心の牛を原料にした肉骨粉については牛に与えることは禁止していましたが、鶏や豚への使用は禁止していませんでした。これも今、ビラードさんの説明にあった、〝種の壁〟論に基づくものと思われます。この点は、今後日本でも大きな問題になるかもしれません。」

研究員の土方がコメントした。

「その後、イギリスだけでなく我が国やドイツ、ポルトガル、スイスでも感染事例が見つかり、EUは骨付き牛肉の販売を禁止する方針です」。

話を聞いていて、日本側のメンバーは、韓国のプロジェクトにとって大いに参考になる知見が得られたことに、一種の満足感を覚えた。とともに、我が日本の将来に対して、いいようのない不安を感じた。一行はビラードに礼を述べて帰路に着いた。

「今日の訪問は、大変参考になったので、この教訓を生かしてプロジェクトの基本スキームを練り直しましょう」。

中村常務がバンの車中で三塚に話しかけた。

「そうですね。食肉市場から出る牛の部位は、別回収をお願いしてみましょう。とにかく韓牛の活性化のために協力しようというのに、こんなことがあればまったくの逆効果になってしまいますからね」。

ここでバンを運転していた上田が
「皆さん、ホテルに着きましたらチェックアウトをお願い致します。その後、ドイツのフランクフルトまでアウトバーンを飛ばします。ホテルから二時間半で着くと思いますが、忘れ物のないようにお願いします」。

と言った。

フランクフルトには七時頃到着の予定だったが、一行はノンストップで突っ走り、予定より早く六時半頃に目的地に到着した。宿泊予定のサボイホテルでチェックインだけ済ませ、夕食をとるために、予約した店に向かった。店はホテルから歩いて十分くらいのビルの三階にある、「活栄」という日本料理店だった。疲れているメンバーのためには和食がいいだろうと、気をきかせた古山が予約を入れていたのだった。主人は二五年も前に、兄が豆腐屋をドイツで始めたのを手伝うつもりで渡独したという。その後、兄と一緒に持った活魚の店は繁盛していた。三塚も三回ほどこの店に来たことがあった。兄が半年ほど前に身体を壊したので、弟の明が日本人の嫁さんと息子の三人で店を切り盛りしている。

「いらっしゃい。三塚さんもご一緒とは知りませんでした。今日は美味しいヒラメが入ってますよ。なにしろ、この頃は狂牛病とやらで魚が人気でしてね」。

明は三塚に言って愛想よく会釈した。

「ずいぶんと繁盛していて結構なことだね。せっかくだからヒラメの活け作りをいただこうか」。

三塚はそう言って、出されたタオルで手を拭いた。

兄弟は新潟・長岡の出身で、実家が豆腐屋だったものだから、兄のほうがまずドイツで豆腐屋を始めようと、単身このフランクフルトに来たと聞いている。やがてそこそこ、店も大きくなったので、日本食品を扱うコンビニ店に鞍替えをする時に弟の明にも声をかけて、一緒に仕事をしてきたのだった。そしてさらに、新しく「活栄」をオープンして、活魚の他、日本の豆腐料理やソバ、うどんなどもメニューに加えていった。今では日本人客よりも外人の方が多いという。

酒と魚がテーブルに並べられた。時差の関係もあり、年長の中村常務は多少元気がなかったが、土方らは今日の大きな収穫に興奮気味に喋りだした。

「私はこう思うんです。二一世紀を目前にして、一九世紀から二十世紀にかけて急速に進歩してきたこれまでの科学技術について冷静に振り返ってみると、自然と対立する科学技術でしかなかったように思われます。

ひとつにはデカルトの主張した、自然をいかに征服するかといった考え方が根底にあったのかもしれません。私達にとって今後の最大の課題は、自然といかに調和するかといった科学技術を創造していくことではないでしょうか。

アクセルだけでなくブレーキも必要なのです。そういった意味で、狂牛病の問題は私達へのいい意味での警鐘と受け止めるべきかもしれません」。

三塚も同感だった。

そもそも人間の進歩とは一体、なんなのだろうか。

一〇〇〇年も二〇〇〇年も前に起こった宗教が、今もって衰えるどころか益々人々の精神的な支えとなっているのは、科学技術では癒せない、あるいは間違った方向に対するアンチテーゼなのかもしれない。

よく〝地球に優しい〟などというキャッチフレーズが、企業やメディアを通してかかげられているが、地球は四五億年も前から色々と変化しながら今日に至っている。地球は痛くも痒くもない。将来、オゾン層が破壊されたり、温暖化現象が異常気象をもたらすとすれば、それは人間社会や生存する生態にたいしての脅威であり、地球にとっての脅威ではないのだ。我々は自然の逆襲にたいして知性を働かせるだけでなく、逆襲が起こらないように謙虚さを失わず、自然との共生を目指すべきなのではないか。三塚はそんなふうに思っていた。

「さて、そろそろ、時差で眠気がひどくなりました。今日はこの辺でお開きということでいかがでしょうか?」。

中村常務が虚ろな眼を瞬かせながら、同意を求めてきたので、皆も肯いて店を出た。

翌日は寒いながらも陽光が東の空から注ぎ始めていた。フランクフルトからライン川沿い上流に向けて車は走り出した。途中でカーフェリーに乗船したが、その後は一直線にケルンに向かう。目的地はDSD社という、ドイツに廃棄物のリサイクルの先導的な仕組みを立ち上げた企業だった。

十一時のアポイントメントであったが、少し早めに到着したので上田が先方に了解を取り、早速の面談となった。

ここではDSDのベッカー所長とプロジェクトマネージャーのモルテンが対応してくれた。モルテンは、説明の前にDSDの現物を見せると言って、一同を二階の展示場に案内した。そこには赤、緑、黄色などの回収ボックスが並んでいて、中にはそれぞれ指定された廃棄物が入れられていた。そして各廃棄物にはDSDが発行した緑のワッペンが貼られていた。つまり、分別のためのボックスと有料のワッペンとの組み合わせを、システムとして完成させたのがDSD社なのだ。これは政府の補助金を含めた支援策がパッケージになっているという。展示場を一通り見て会議室に戻ると、モルテンが補足説明を行った。

「ご覧頂きました回収ボックスとワッペンの仕組みについて説明します。

まずリサイクルしたい製品や商品は、それがリサイクルに適正かどうかのチェックを受けます。そして適正と判断されますと、有料でワッペンを発行致します。すると、ワッペンが貼られた商品がスーパーや店に並ぶわけです。消費者は若干、他の商品より値段が高くてもワッペンの貼られた商品を選択いたします。なぜならば、ワッペンを貼られた商品は、使用後の廃棄処分費が無料になるからです。そしてなにもない商品は廃棄の際にお金を取られるのです。ですから消費者は、環境に優しい商品を買った方がトータルとしてのコストが同じか、もしくは少なくて済むのです。企業にとっても、環境に配慮しているというブランドイメージの向上と、消費者に選択されるという、ダブルメリットがあります。そしてそれ以外の廃棄物は、目的別に再資源化企業に運ばれてリサイクルされる仕組みになっております。例えば、プラスティックは油化や繊維や燃料になり、ビールやワインのボトルは年限によりそのままリサイクルするかカレットにして硝子の原料にするのです。回収ボックスはある間隔に適正配置されておりますので、市民の負担はそれほどありません。

それと他の国のことはあまり申し上げたくありませんが、ドイツでは生真面目な市民が多く、回収ボックスで決められたルールを大変よく守ってくれます。だからゲルマン民族は思想や主義が一元化するので危ないんだ、などと揶揄する国もありますがね」。

「三年前からDSDシステムがスタートしたということですが、廃棄物の回収率はどの程度になっているのでしょうか？　そして生ごみはどう処理されているのですか？」。

土方が尋ねた。

「その点については私からご説明しましょう」。

今度はベッカー所長がスライドを使ってプレゼンを始めた。

「DSDシステムを採用する以前の回収率は三五％でした。そしてDSD採用後の初年度はテスト期間でしたので除外するとして、二年目が四五％、現在が五〇％と着実に回収率は上がっております。目標は七〇％です。

次のご質問ですが、当初生ごみの焼却はダイオキシンが発生するとの観点から、埋め立てを中心に行ってきました。東西ドイツの統合前には東ドイツが産廃などの受け入れを有料で行っていましたので、一部生ごみについても東ドイツに運んでおりました。しかし現在では生ごみはディスポーザー方式の普及を図りつつありますので、下水道に流して終末処理場で汚泥として処理しております。汚泥は生ごみをメタン発効させてエンジンで熱と電気に変換して利用しています。ちなみに後日、東ドイツは他の共産圏からも大量の廃棄物を受け入れていたことが明らかになり、今や土壌汚染対策が大きな社会問題となっているばかりでなく、莫大な財政支出を余儀なくされております」。

「メタンガスは不安定で不純物もありますが、エンジンに悪い影響はないのですか」。

三国重工の北川がエンジニアとして、やや専門的な質問をした。

「おっしゃるとおり、下水には生活廃水や産業界、商業施設から色々な廃水が流れ込みますので、トラブルも結構あります。特にシャンプーやリンス、そして産業界で使用している洗浄剤に含まれる成分が詰まりの原因になって、エンジンが故障を起こすこともあります。いくつかの工夫や対策は取りつつありますがね。また、農業や酪農地域ではエンジン利用の他、肥料化や飼料化も行われております」。

「日本でも同じ問題を抱えておりまして、なかなか下水汚泥のメタンガス利用は進んでおりません。それと、貴国と違って日本の下水道は生活廃水と雨水が混ざる方式ですので、デイスポーザーの普及は微々たるものです。」

北川はベッカーの説明に肯きながらも、東ドイツの土壌汚染問題も気になっていた。

「東ドイツの土壌汚染はどの程度ひどいのでしょうか？　かつて石炭を主燃料としてきたので大気汚染が深刻だとは聞いておりましたが」。

「東西ドイツが統合した後、専門家が調査を続けてきたのですが、想像以上に広範囲にわたって

めにもわたって廃棄物を受け入れてきたため

汚染されております。石炭を採掘した後の地下に、長期にわたって廃棄物を受け入れてきたために、土壌の汚染ばかりでなく雨などの影響で河川の汚濁物質も流れ込む状況が続いております。もちろん政府としても財政を投入し、抜本的な改善に取り組んではおりますが、時間はかかると思います」。

「狂牛病につきましては、フランスでかなり詳細なディスカッションをしてきましたのであまりお聞きすることはありませんが、DSDシステムとの関係はいかがでしょうか?」。

三塚がしめくくりの意味も含めて、ベッカーに質問した。

「ドイツでもこれまで一〇〇頭を超える狂牛病の牛が確認されています。今後四〇万頭以上の牛が処分される、との報道もありますので深刻な問題です。しかしDSDは基本的に資源リサイクルですので、混入の心配はしておりません」。

ここまで話を聞いたところで、三塚がふと時計を見ると、予定の時間をだいぶオーバーし昼時になっていた。三塚達は二人に手土産を渡して帰ろうとしたが、ベッカー所長に近くのビアレストランで食事を一緒にしないかと誘われた。むろん異存はなかった。

DSD社からケルンの大聖堂の側にある少し狭い通りにあるビアレストランに七人で出かけると、店内は昼だというのにかなりのお客でにぎわっていた。

ベッカーは、ここの地ビールはドイツでも有名なので、日本の客人にもきっと満足してもらえるだろう、と言って中年のボーイに大声で注文した。

「ベッカーは無類のビール党で、年に一〇〇〇本は飲んでますよ」

モルテンがくすくす笑いながら、小声でそう三塚にささやいた。

皆で乾杯をすると、やがてビールのつまみも運ばれてテーブルに並んだ。

ベッカーはビールを飲むのも好きだけれども、ビールそのものについても詳しいようだ。

「ドイツには約一八〇〇種類の地ビールがあります。ビールの歴史は古く六〇〇〇年も前のシュメール時代にまで遡るのです。地域的にはティグリス・ユーフラテスで、当時の遊牧民族が砂漠を行き来していた時に偶然、ビールができたのです。もっとも現在のようなビールとは違って、遊牧民族が携行していたパンを砂漠に置いていたら、水と太陽と何か発酵する菌が作用してドロドロのビールができたそうです。それを瓶に入れて、偉い人が飲んだという記録がシュメール語で書かれております」。

「それではワインよりもずっと古いんですね」

「そうなんです。その後一六世紀までは製法にそれほどの進歩はなかったのですが、ドイツの科学者であったリンデが冷凍技術を発明し、そしてパスツールによる細菌学の研究などにより、ビールの品質と生産量が飛躍的に伸びたのです。それでも地ビールの生産は圧倒的に修道院で作られておりました。

実はおもしろい話がありまして、昔、ビールに税金をかけることになり、役人が修道院に検査に来るのですが、なんと鹿皮のパンツをはいてきまして、ベンチにビールをこぼさせるのです。そして役人がそこに腰を下ろして数分間待ってから立ち上がります。するとアルコールの濃度に比例して鹿皮のパンツにくっついたベンチが持ち上がります。その上がり方で税金の額を決めていたようです」。

ベッカーはここまで一息に言ってビールをあおり、皆にも次のビールを注文した。

「近年になると科学技術、とくにバイオテクノロジーが発達してホップの収穫量が上がりました。ホップは受精しない雌しべを使いますので、昔は袋をかぶせたのですが、今では雄しべ畑と雌しべ畑をワイダーバンドでセパレートしているのです。再生産に必要なだけは交配させますが、残りの雌しべはバージンのまま採取するのです。バージンホップでないとビール特有の苦味を醸し出すルプリンというエキスが出ないのですよ」。

皆は感心しながらベッカー氏の話に聞き入っていた
中年のボーイが、両手に七杯のジョッキを器用に持って、テーブルに運んできた。窓の外にはケルンの大聖堂がお色直しのために、足場を搭の上まで張り巡らしてあるのが見える。

ベッカー氏は今日のテーマである狂牛病についても一家言あるのか、ヒレの角切りステーキを注文した。

「狂牛病に世界が萎縮しておりますが、過剰反応は禁物です。ドイツでも賛否両論ですが事実は冷静に見なければいけません。生乳や筋肉はプリオンが見つかっていないのです」。

「私達はベッカーさんのご意見に一〇〇％賛成です。しかし日本では人気の即席ラーメンやレトルトカレー、スナック菓子などにも肉骨粉が使われているのです。これは日本だけでなく世界的な問題でもあると思います」。

三塚はポテトの料理をフォークでつつきながら、ベッカーに言った。

ベッカーも三塚の言ったことに同意して話を繋いだ。

「三塚さんのおっしゃる通りです。普通の市民はそれほどの知識があるわけではありません。危ないものと、そうでないものとを選別するのはどこの国でも非常に難しいと思います。ですから過剰反応するのも、ある程度は理解できます。となるとやはり、専門家や指導的な立場の識者が、解りやすく市民に説明することが必要になってきますよね。ドイツの市民はそのようなメッセージを希求しております。日本はいかがですか？」

ベッカーはそう言って、三塚に眼をやった。

三塚は、この件については土方の方が専門だと思ったが、飲んでいる席でもあり、自分が答えることにした。

「そうですね。狂牛病がもし日本にも上陸したとすればパニックになるでしょう。馬鹿な政治家が、安全宣言のために牛の料理をメディアの前で食べたりするパフォーマンスをやることもありえます。しかし解決策にはなんら貢献いたしません。やはり専門的な知見の基で、国際社会の情報共有と解決の処方箋を、実行プログラムの中に入れて行くべきですね」。

「三塚さんのいうことは私達も賛成ですね。市民は表面的な情報を受けると過剰反応します。世界のどこでも狂牛病が原因で、せっかくの美味しい牛を食べなくなります。でもそれは無理もないことです。食においては一度でも嫌だと思ったものに対して、リカバリーを打つ手段はなかなか見つかりません。まぁ難しい話になってしまいましたが、ケルンの美味しいステーキをぜひ、食べていってください」。

ベッカーは三杯めのジョッキを口に運びながら言った。

「ケルンはいつ来ても心が落ち着きますよ。この通りの御影石の道路もローマ帝国の遺産だと聞いていますが？」

北川がベッカーに言った。

「確かに、ローマの軍隊は北に上ってきました。そしてこのケルンも多分ドイツの一番北の方だと思いますが、侵略されました。ですから今歩いて来た道路の敷石となっている御影石は当時の思い出なのです」。

ドイツのメンバーと仕事をする時はいつも打ち解けた気持になる。その理由は分かるべくもないが、真面目さや勤勉、思いやりといった日本精神と、かつてマックスウェーバーが唱えたプロテスタンティズムのゲルマン精神が重なり合うのかもしれない、と三塚は思った。

美味しいビールと料理に満足し、七人は店を出た。

大理石の歩道を歩きながら、モルトンは去年の五月、日本で廃棄物のセミナーがあってパネラーとして参加した時、友人が銀座に連れて行ってくれたことが印象に残っていると言った。

「とにかく若い女性ばかりでなく、中年の人も皆な綺麗でファッションも垢抜けていました。それとほとんどの女性は、背はともかくとしてスリムなのは素晴らしい。ドイツでも若い時は細身なのですが、年をとるに従って太る傾向があります。これは食文化の違いでしょうか？」。

それを受けてベッカーは、冗談ぽく笑いながら自分の臨床体験を話した。

「確かに中年以降はドイツ女性の方が日本や韓国、中国の女性よりも肥満率は高いですね。ドイツはロシアやイタリア、オランダと同じグループに区分されるのかも知れません。比較的、寒い地域では脂肪分を多く摂る必要がありますが、それが食の嗜好になってしまうと肥満に繋がるのではないでしょうか。もっとも私は自分のワイフをみてそう感じただけですが」。

そんな歩き話をしている内にＤＳＤ社にたどり着き、三塚達は二人に礼を言い、二人はプロジェクトの成功を祈ると言って戻って行った。

上田が駐車場に置いてあったバンを運転してきて、皆を乗せてベルギーに向かった。

「今回は仕事オンリーで、観光もなにもなしですか？」

古山が三塚に話しかけた。

「明日はベルギーのブルッセルから九十キロくらいのところにある酪農場を訪問することになっていますが、実はオーナーがシャトーに住んでいるんですよ。ついでに牧場とゴルフ場も経営していますので、時間が許せばゴルフでもやりますか？　もっとも雪で駄目かも知れませんがね」。

上田はアウトバーンを一五〇キロのスピードで運転しながら皆に伝えた。三塚は乗り気になった。とにかく仕事以外は飲み食いばかりで、お腹に脂肪がつき過ぎてしまいそうだ。

「そうですね、できるなら運動不足を解消しますか」。

「解りました。シャトー・ベルジャンのティモア氏に電話をしてみますので、少し休憩しましょう」。

車はアウトバーンのパーキングエリアに止まった。皆はさっきのビールが効いて来たのか、そろってトイレに駆け込んだ。戻ってくると上田がティモア氏との会話を伝えた。

「明朝、九時にお待ちしているとのことでした。そして酪農場を一時間ほど見学した後、ティモア氏と一緒にゴルフをして、自宅のシャトーで会食というスケジュールになりました。ちなみに、ゴルフ場のウォーターハザードは氷が張っていますので池ポチャはありませんが、地面も氷っていますので距離感がなかなか合わないと言ってましたよ」。

ドイツとの国境を出てからベルギーに向かったが、ベルギーのアウトバーンも快適だった。三塚はふと思い出して、かばんの中から日本で買ったケイ・ウンスクのＣＤを取り出し、上田に渡した。上田がケイ・ウンスクのファンだということを古山から聞いていたのだ。新譜を三塚からプレゼントされ、上田は早速、カーステレオにセットした。新譜といってもメドレーになってい て、古い曲も入っている。ヨーロッパのアウトバーンを走りながら、ケイ・ウンスクの演歌を聞くのもなかなか気分の良いものだ、と三塚は思った。

夕方の五時を少しまわったところで、投宿のホテルに着いた。

夜は近くのレストランに行ったが、ベルギーでは狂牛病の発生はまだないようだ。レストランでヒレステーキを注文すると、シェフがわざわざ三塚達のテーブルにやって来て、焼き方を聞いた。

「ヨーロッパは狂牛病で大変ですね。失礼ですがベルギーは問題ないのですか？　実は私達はその件で調査に来ているんです」。

三塚がシェフに聞くと、シェフは、ベルギーではもともと成長促進のために牛の肉骨粉は使用していないので安全である、と言った。本当かな、と三塚は思ったが、それ以上の質問は控えた。

「明日、シャトー・ベルジャンに行くのですが、あそこの牛はいかがですか？」

今度は土方が聞くと、シェフは、これから料理するステーキはシャトー・ベルジャンのものだと言った。そして食事が終わったら、調理場の冷凍庫に案内すると言った。

一同はベルギーの美味しいワインと料理を充分に満喫してから、調理場に入って行った。シェフが大型の冷凍庫から十キロくらいのヒレ肉の塊を出してきた。

「ここにシャトー・ベルジャンの印字が押してあるのが見えるでしょう。ベルギーでも一、二を争う高級牛なのです。皆さんが明日、シャトー・ベルジャンに行くなんて奇遇ですね」。

シェフは上機嫌だった。

そして翌日。ベルギーの早朝は風が物凄く冷たい。皆を乗せたバンは、アウトバーンを一直線に西に走り、約五十分で目的地に着いた。

鬱蒼とした木々に囲まれて、ティモアのシャトーはあった。

シャトーといっても本格的な城ではないが、城壁があった。門を潜り抜けると三階建ての石造りの館が見えた。入り口で来訪を告げると、ティモアが出てきた。さっそく酪農場に案内するというので、ティモアの運転する車の後について行くことになった。森のような高台を抜けて、十分も走ると酪農場が見えてきた。冬は牛を外に出していないので、牛舎に入った。

「ようこそ。こんな辺鄙なところまでおいでいただき光栄です。

しかし、ここの牛はベルギーでも高い評価を得ておりまして、年間の総出荷量は五〇〇頭ですが、一部はヨーロッパにも出荷しております。

皆さんが狂牛病に関してフランスやドイツでいろいろと調査してきたことは、昨日の上田さんの電話で聞きました。

ベルギーでは発病事例がまだ報告されておりませんが、近隣のスイスでも三〇〇頭くらいの事例が確認されておりますので、私どもも気になるところです。しかしここでは、八六年以降、牛の肉骨粉を飼料に配合しておりません。八六年はイギリスで事例が報告された年でして、若干費用はかかりましたが、使用を止めたのです。それが結果としてマーケットから高い評価を得られたのではないかと思っております」。

「五〇〇頭もの出荷というのは随分大規模ですね。飼料代も大変でしょうが牛舎の光熱費も馬鹿にならないのではないですか?」。

三塚が聞くと、ティモアは一同を牛舎の裏側に案内した。

「これは牛の排泄物や枯草などのコレクターを用い、バイオガス発生装置、そして四〇〇キロワットのガスエンジン二台で発電と熱利用を行っております。熱は空調と温水での洗浄用に、電気は動力や照明などに使っています。ですから光熱費は設備の償却費と、若干のランニングコストで済みます。さらにあそこに見えるスポーツランドとレストランの電気と熱も送っているのですよ」。

「このシステムをエンジニアリングしたのは、オランダのバンデル社ではないですか？」。

三国の北川が尋ねた。

「そのとおりです。バンデル社のバイオ利用のテクノロジーは、ベルギーでも多くの酪農家で採用されています」。

「実は、バンデル社と私どもは技術提携しておりまして、クロスライセンスというのですが、お互いの技術を使える契約になっているのです」。

中村常務が稼働しているエンジンを見ながら、ティモア氏に説明した。

「そうでしたか。ちなみにエンジンは予備機も含めて二台なのですが、生き物を管理していますので、万一の場合には電力会社の電気も使えるように、バックアップの契約をしています」。

さらにティモアは厚生省の役人からアンケートが定期的にきていると言って、持参したアンケート用紙を見せた。それには牛の挙動に変化がないかどうか、飼料に牛の肉骨粉を使用していないか、年間の出荷量や子牛の購入先などを書き込むようになっていた。

「配合飼料はビールかすを主体にして、春草をサイレージフィルムで貯蔵してブレンドしたものをベースにしております」。

ティモアはブレンド飼料を手にとって三塚達に見せた。

「現在は、今後の配合飼料をいかにしてコストを下げるか、という課題に取り組んでいますが、やはり低コスト飼料の生産、供給は、飼養技術と管理の平準化、そして配合調整の時間短縮等がポイントです。将来は原料サイロから製品充填までの工程を、コンピューターで制御して密閉タイプにしたいのです」。

「今の開放タイプの問題点は？」。

「充分に手入れはしているつもりなのですが、ビールかすからの満汁や、ヘイキュウブの粉砕・混合で発生する粉塵が、作業環境を悪くしています。」

そして一行はその後、厩舎とエネルギー装置、サイロから飼料の生産プロセス等を視察して館に戻った。

館の裏には山間コースのゴルフ場が広がっていた。真冬にゴルフをする人はほとんどいないために一、二月はクローズにしているが、それでも地元民とメンバーには週に一日開放している。今日はちょうど開放日だったのでショップはオープンしていたが、クラブハウスは閉まっていた。ティモアは三塚達のクラブや靴を用意してくれたので、記念に各人が気に入った帽子と手袋を購入した。準備ができたので、ティモアも入って二組でスタートすることになった。

「私がキャディの代わりに最初に打ちますので、参考にしてください。ちなみに私のオフィシャルハンデは六ですが、皆さんはどのくらいですか？」。

ティモア氏に聞かれて皆は沈黙した。まるで勝負にならない。

「このコースは非常にアップダウンがきつく、トリッキーですので滑ったりしないように足元に注意してください。それから地面は凍っていますから、ダフったりすると手を傷めますので、むしろトップ気味に打った方がいいですよ。それから池にボールが乗っても取りに行かないこと。池の氷は薄いところもありますので、くれぐれも注意してください」。

皆かなりの厚着をしてスタートした。

途中の七番ホールは、池越えの一六五ヤードショートホールで左に林、右は崖という、ハンディキャップ二の難ホールだった。

ティモアは六番アイアンで打つと、ボールはピンに向かってまっすぐ飛んだ。そして旗に二バウンドして当たり、ピン側で止まった。

「ナイスショット!」。

三塚が止まったボールを見ながら言った。

「ティモアさんは年にどのぐらいゴルフをするのですか?」

「毎朝、一時間くらい、運動のつもりでハーフを回っています。慣れもありますが、先日は三四が出ました。」

そんな話をしながらハーフを回ったところで、中村常務が寒さと疲れからかギブアップしたため、いったん全員引き上げることにした。

ティモアが、経営している乗馬クラブとテニスクラブに併設しているレストランに皆を招待したいと言ったので、車で出かけることになった。レストランは昼時とあって、スポーツを終えたメンバーがすでに数組いて、ビールやワインを飲みながら談笑していた。ティモア氏とも顔見知りなのか、手を振って挨拶している。

三塚達はインドアテニスが見える場所に席をとって、シャトー・ベルジャン自慢の地ビールを注文した。そしてティモアがウェイトレスにいくつかの料理を頼んだ。

「これは私の自慢のハーフブラックビールです。そしてTボーンステーキと山菜の炒めもの、それから地鶏の照焼きをぜひ、召し上がってください。ベルギーの料理はフランスやイタリアの料理に決して負けない味ですよ」。

ティモアは一パイントのジョッキで乾杯をしながら言った。

「さっきのゴルフ場は、自然を生かした非常に難しい感じのコースですね。いつも私達は、日本の人工的に手入れをしているコースでプレイすることが多いものですから、正直てこずりました」。

ジョッキを傾けながら古山が言った。

ティモアは地鶏を上手にさばいて各人の皿に配りながら、ヨーロッパのコースの特徴について話をしてくれた。

「ヨーロッパにもいろいろなコースがあるんですよ。

私は各国のゴルフ場のオーナーで構成するオーナーズコンペの幹事をしていますが、現在の会員はベルギー、スイス、オランダ、イタリア、フランス、そしてイギリスのオーナーで六十名程度です。そして二カ月に一度、各国持ち回りで親睦コンペをいたします。もう三年近くになりますので冬季を除いても十四~十五回になりますね。

まぁ一概には言えませんが、ベルギーは非常にトリッキーでタフなコースが多いです。スイスはプレイヤーの数はそう多くありませんが、モントルー地域やローザンヌ地域に素晴らしいコースがたくさんありますし、雄大なアルプスとのコントラストが抜群のところもあります。オランダではゴルフはそんなにポピュラーなスポーツではありませんが、中心街から一時間以内で行けるコースがいくつかあります。ただし、タクシーなどは道を知らない場合が多いので、皆さんが行かれる時には、地図を見せる方がいいでしょうね。それからオランダはネーデルランド(低い土地)、と言われるように、海面よりも地面の方が低いものですから、グリーンまでのフェアウェイやラフも水浸しのコースもあります。私が昨年の六月にプレイした時は、オランダの幹事が靴を用意してくれました。それがなんとゴルフシューズではなく、長靴に錨が打ってあるものだったのでビックリしましたよ」。

三塚もヨーロッパではずいぶんプレイしたが、ティモアの言ったオランダのゴルフ場の話はまったくもって本当で、連れて行った客に迷惑をかけたことを思い出した。

その時も乗ったタクシーの運転手は道が判らず、目的のゴルフ場ではなく墓場に行ってしまった。それでもどうにかコースには着いたが、お客が持ってきた高級なカメラを、バッグごとうっかりセルフのカートに乗せていて、水浸しのフェアウェイでカートが倒れた時に、カメラをお釈迦にしてしまったのだ。もちろん、着替えも水浸しだった。

また、ここベルギーでも苦い経験があった。

十五人のメンバーを引率して、土曜の夜にブリュッセルに着いた翌日に、バスをチャーターしてとあるゴルフ場に行った時のことだった。

着いた一行は借りクラブでやることになったが、そこのゴルフ場にはそれほどたくさんの貸しクラブがなかった。そこで三塚はフロントの支配人と交渉して、当日プレイしないメンバーのクラブを借りることにした。支配人は信用問題にならないように、必ずクラブ本数を間違いなく戻すように、強く三塚に言い含めた。そして四組でセルフでまわった後に、クラブを確認したところ、二セットのバッグのクラブ本数が足りないことが判った。そこで十八ホールを六ホールずつ三組で分担して、探しに行った。幸いバンカーの横にアイアンが一本、別のホールのラフに一本置き去りになっていたのを見つけて大事にはいたらなかったが、冷汗をかいたものだった。

しばらく、ゴルフ談義をしているうちに、予定の時間を若干オーバーしてきたので、一同ティモアに礼を言って、レストランを後にした。

今度はアウトバーンを一五〇キロのスピードでホテルに戻り、身支度を整えてオランダに向かう。オランダは風車の国でよく知られているが、今や風車というよりも風力発電が畠の中に林立していて、様相が一変した感がある。中村常務が、三国でもスウェーデンの風力発電機メーカーと業務提携していると言っていた。平野部をバンは快走して予定通りアムステルダムに着いた。

翌朝、ホテルから列車にのってハーグに出かけた。ハーグまでは約一時間三十分くらいで、目指すはハーグにある環境局だった。

環境局は、近代的なガラスをメインモチーフとしたビルの六階にあった。

オランダ環境局長のミュラーと部長のデポームが、一行を出迎えた。

三塚は一年前ミュラーが訪日した時に案内していて、久々の再会であった。

「ようこそ、ハーグまでいらっしゃいました。

その節は、三塚さんに東京、京都を始め、思い出深い所にご案内いただきありがとうございました。

ご訪問の主旨は、バンデル社のミスター・ドーアから聞いておりますので、オランダのごみリサイクルの状況についてデポーム部長から説明いたします」。

ミュラー局長は、三塚との再会を心から喜んでいる様子だった。

デポームは皆に資料を配り、説明を始めた。

「まず、ヨーロッパのオランダの地理的状況は皆さんご存知のとおり、河川でいえば、一番下流に位置しているわけであります。ということは上流で河川に汚染物質等を流しますと、オランダが被害を受けるわけです。そういう意味では、上流に位置するフランスやドイツと立場が違うのです。

また、ご案内のとおりオランダは土地が海面よりも低いので、地球の温暖化問題にはことのほかセンシティブになっておりまして、ごみのリサイクルにも官民協力のもと真剣に取り組んでおります。

ですから、ごみは単純に焼却する方式ではなく、焼却場と電力企業と石油のケミカル事業とのエネルギーコンプレクスを中心に考えております。すなわち、余剰の熱や電力をベストミックスする仕組みを作っております。これは、余剰の熱をその地域の暖房用に有効利用したり、エネルギーコンプレックスのなかで熱や電力に利用したりしているといったようなことです。また、生ゴミはバイオガスにするか、肥料化や飼料化にリサイクルすることで政府としても促進するためのスキームを採用しております」。

さらにデポーム氏は日本との違い、各国が河川を含めて運命共同体となっていることの問題点も指摘した。また、ヨーロッパで大問題になっている狂牛病についても、オランダの立場と課題並びに対応策について詳細に説明した。

双方で情報の交換を行った後、エネルギーコンプレックスのサイトに案内された。車の中からも見えた田園風景と平野が延々と続く道、所々に廻る風車、それがエネルギーコンプレックスの全貌だった。狭い国土とはいっても、すべてが平地といってもいい地域特性は、日本とまるで違う。

かつてABCD包囲網に敗れた日本ではあるが、お互い元首を抱く国としての親近感はあるし、鎖国時代でも長崎の出島での接点を考えると、フランスなどとは違った感傷が疼く。

こうしてオランダの視察を終え、ヨーロッパの日程は終わった。明日はスキポール空港からJAL便で帰るだけだ。

アムステルダムのホテルに戻ると、夜の七時をまわっていた。

三国重工の中村常務他はバンデルのドーアと出かけることになり、三塚は三友商事の古山と上田の三人で飲みに出かけた。

アムステルダム駅の手前は運河になっているが、冬のため運河は凍りついている。ちょうど恒例の運河一〇〇キロメートルスケートのイベントが開催されていたが、今日はもう終わっていた。

三人は、上田がオランダに来たときには必ず立ち寄るという店に足を運んだ。店に入ると、スケートをしてきたと思われる男女六人の先客がいた。スケート靴とゴーグル、手袋などが荷物預かりの場所に置いてあった。

メニューを広げたが、さすがに強行軍だったので、腹は減っているのだが食欲があまりわかない。とりあえずビールとピザ、ソーセージを頼んだ。

「この数日間は、仕事にゴルフにと、さすがに疲れましたね」。

上田が話し始めた。

「上田さんは運転もだから余計大変でしたね。今日は泊まりだから、上田さんに存分に飲んでもらいましょう」。

三塚は上田への慰労と感謝を込めて言った。

上田は明日で皆と別れることになるので、今後の計画がどうなるのかと三塚に聞いた。

「今回の調査は上田さんのお陰で予想以上の収穫でした。

まず、韓国のプロジェクトを進めるに当たって、牛の食肉市場からの部位は受け入れられないということが確認されました。

まぁともかく戻ったら、さっそく上野のコリアン街の協力者と、パイロットテストのプランを作り上げなければならないでしょうね」。

「となると、いよいよテストが始まるのですね。その成果を踏まえて韓国で商業設備を立ち上げていくんですね。夢のある、日韓の協力という歴史的な第一歩を踏み出すわけだ。在日韓国人や朝鮮人の人たちとの共同作業も魅力だなぁ」。

上田は、ヨーロッパでだけの協力では物足りなく、心残りといった顔をしてそう言った。

第五章　在日韓国人とともに

三塚達の一行がヨーロッパから帰国してから、各社の社内での調整と審議を経て、一月の第四火曜日夕方六時、上野のコリアン街の協力メンバーとの第一回の会合が開かれた。

具玉子女史の甥である具良雄の韓国物産店の三階事務所が会場となった。コリアンメンバーは良雄を含めて十二人が出席した。一方、三塚側は部下の佐々木、三国重工の北川、土方、そして三友物産の石川ソウル支店長と古山が出席した。

まず、双方の挨拶があり、良雄のコリアン側のパートナーとして全靖治が紹介された。全は焼肉店のほかに、キムチを始めとする惣菜店もやっている。

最初に三塚から、彼らの祖国の状況と具女史からの依頼内容を説明して、今回の上野コリアン街の人々の協力の必要性と、今後のスケジュールについて、資料をもとに説明した。

次に北川が、十店舗からの生ゴミの出し方についての留意点と方法について、図を交えながら詳細な説明を行った。

「まず生ごみを肥料や飼料に変えていく時に、害になるものを極力排除することがポイントです。例えば、油や醤油などそのものを入れるのは止めていただきたい。それは分解菌の作用を著しく悪くするばかりでなく、あまりに濃度が高いと菌が死んでしまうこともあるからです。もちろん、料理の残りや加工残さにも調味料が含まれていますが、それは問題ありません。韓国料理には塩分が多分に使われておりますが、これについては受け入れた後に塩分濃度を下げる処理を行いますので、あまり神経質になる必要はありません。普段どおりの生ごみの排出方法で結構です。要はこれまで自治体で行っていた回収が、今回のプロジェクトサイドに移ると考えていただければいいのです。本件に関して、自治体への説明等はこちらで致します。」

そして土方は注意事項とされた食用油と醤油の回収方式について説明した。

続いて、良雄がメンバーを代表して参加者の店舗の内容と、生ごみの平均排出量、季節別排出量と代表的な生ごみの種類を述べた。

三塚はこれらを聞きながら、コリアン街のメンバーが、祖国のために汗をかいて日本サイドに全面的な協力をする、という強い意志と、連帯の絆を感じて、力が湧いてくるのだった。

次に全から、皆の不安事項について質問がなされた。

「あらかじめいくつか教えていただきたいことがあるのですが、まずそのひとつは生ゴミを出す時の袋に制約があるのかどうか、という点です。現在は市販のポリ袋が主ですが、スーパーなどで買い物をしたときにもらう袋を使うこともよくあります。また紙袋などはどうなのでしょうか。そして生ごみを対象にしておりますが、店によってはティッシュやタバコの吸殻、箸や発泡トレイなどの混入も考えられます。

二つめは回収の設備をどこに置くかという点です。先ほどのご説明では　一日三〇〇キロの生ごみを回収する真空ボックスを設置して、そこに回収車が定期的にきて、三国さんの実験センターに運ぶというお話でしたが、コリアン街の適当な場所を決めなければなりませんので、アドバイスをお願いいたします。

三つめはこの装置がトラブったときに、私どもはどうすればいいのか、ということです。

そして最後は、もしこの計画がうまくいって、祖国でも採用されたときは日本でも展開するおつもりなのでしょうか？　というのも、今は日本で狂牛病の事例が出ておりませんが、万一そのようなことになれば、上野だけでなく川崎、関西、その他の地区のコリアン街への影響、被害は甚大です。できれば国内の飼料化、肥料化で牛や羊の肉骨粉を使わないようにして貰いたいのです。いろいろと細かいことを申し上げてすみません。祖国のために、日本の皆さんが応援してくださると伺い、できる限りの協力を惜しむものではありませんが、私どもにとっては毎日のことですので、確認しておきたいのです」。

「おっしゃるとおりです。私どもといたしましてもプロジェクトがスタートする時に、疑問点や曖昧な点を関係者の間でクリアーしておくことがなによりも大事だと考えております。その意味からも、ただ今、全さんからのご質問は極めて本質的なことを含んでおりますので、現在判る範囲でご説明致します」。

北川はそう言って、大きな図を描いたパネルをホワイトボードのところに掲げた。そして土方と一緒に説明を始めた。

「まず袋の件ですが、袋の種類についてはあまりご心配いりません。なぜならば、真空ボックスで袋と生ごみは破袋機というプロセスを通過しますので、袋は種類によらず取り除かれます。また、こちらに設置する真空の回収ボックスは、袋に入った生ゴミを入れる時に、協力店の方々だけがごみを入れられるようなシステムにいたします。それはＩＤカードのような方式を考えています。つまり生ごみをボックスに入れる時にＩＤカードで認識させて、投入のゲートを開閉致します。誰でも入れられるということになりますと、なにを入れられるか判りませんので、それは避けなければなりません。

次にボックスの設置場所ですが、今の計画では一トン程度が貯められるボックスを考えております。従って、約三日間の貯蔵が可能ですので、毎日出すのが大変というお店や、出し忘れてしまったという場合でも全く問題ありません。生ごみを出す時間帯ですが、韓国で良雄さんからお聞きしたカラスの問題を解決するためにも、お店が終わり次第、設置する真空ボックスに入れていただければと思います。また、仮にこの仕組みにトラブルがあった場合は、もとの自治体との関係にすぐ復帰できるように事前に確認しておきます。

それからボックスの設置場所ですが、二〇平方メートルくらいあると助かります。それと回収車のアクセスが可能な場所が望ましいのですが、そのような場所がありますでしょうか?」。

そこで手を挙げたのは、李徳寿という中年の男性だった。

「私、ここで終戦後から住んでおりまして、細々と商売をして来た者ですが、ボックスの場所については協力させてもらいます。五十台分ほどの駐車場を持っていますのでそこを使ってください」。

三塚は李の申し出に感謝した。

「場所のご提供をいただけること本当に感謝いたします。しかし私どもはご協力いただくことは、これまでのビジネスの継続という範囲の中での連帯ということを考えておりますので、場所をお借りする際の賃借料は従前と同じレベルでお支払いさせて下さい。そうしませんと先ほどご質問があったように、日本国内で広げることも難しくなりますので、応分の費用は負担させていただきます。これは韓国にも同じことを申し上げるつもりです」。

その後も真摯なやり取りが双方でなされたが、基本的なところでお互いの理解が深まり、今後のスケジュールが確認されて会合は終わった。

ここで全から、このプロジェクトの成功と韓日の友好を祈念して、全の焼肉店での懇親会の提案があった。

店には良雄の家族や全の妻、参加メンバーの家族の多くが待っていた。

懇親会の始まりに当たり、全が挨拶した。

「本日は三塚さんを始め、日本の大手企業の方々が、苦しんでいる祖国のために立ち上がっていただけるという話を伺いました。微力ながら上野のコリアン街も、できる限りのお手伝いをしたいと思っております。当面は十店舗ですが、展開によってはさらに拡大していきたいという意向も住民の間から出ておりますので、ぜひとも成功していただくことを念願しております。今晩は皆さんに、特に日本の方々に、本当に美味しい韓国の料理を満喫していただければと思います。そして本プロジェクトの成功と韓日の友好、そして皆様のご健勝とご活躍を祈念いたしましょう」。

そして日本サイドを代表して三塚が立った。

「ただ今、全さんから心温まるお言葉と力強いご支援をいただき、我々一同、感激しております。

さて、これまで日本の政治的な見解が、その時々の政権で揺れることも多く、それが貴国に悪い印象を与えたり、反感を買ったりすることもしばしばありました。特に在日の皆さんにとっては、その思いも複雑だとお察しいたします。

しかし、誤解を承知で申し上げますが、悲しい過去に理屈づけしても未来が開けるものでもありません。そうかと言って過去を真摯に見つめない、などと申し上げているのではないのです。歴史の中で反省すべきところは、国としてきちんとすべきだと考えます。

今回の件はいってみれば、民間ベースを中心に、両国が協力して一つのプロジェクトを立ち上げよう、ということですから、我々は政治主導でない実例を築き上げたいという気持を強く持っています。そして困難な事態に対して、未来志向で取り組んで行きたいのです。

私たちは民間での、いわば草の根ベースの共同事業で連携して、両国の虹の架け橋になれればと考えております。よって仲間内では、このプロジェクトの名前を〝レインボー〟としたいと話し合っております。

今後のご協力とご支援を、ぜひよろしくお願いいたします」。

参加者からの大きな拍手と声援が店中に響いた。

良堆は三塚の挨拶にうなずきながら、あとを引き取った。

「ただ今、双方からご挨拶がありましたが、今日はプロジェクトのキックオフですので、コリアン街の自慢の料理を持ってきました。皆さん、堪能してください。

まずは韓牛カルビの焼肉と美味しい焼酎、そしてキムチやチヂミなどを、ぜひ召し上がってみてください。この韓牛は祖国から直接、取り寄せたものです。また同じく韓国から取り寄せた千金菜もたくさん用意しております。日本では千金菜の代わりにサニーレタスを出す店がありますが、あまりお薦めできません。たくさん召し上がって行ってくださいね」。

わぁっと歓声がわいた。

中でも、昨日の夕方にソウルから帰国したばかりの石川支店長は、ひどく感激したようだった。

「私は皆さんのお国で仕事をしているのですが、なかなか今日のような親密な交流はできておりません。その理由は当然なのですが、やはりビジネスが前面に出てしまいますので、どうしても利害というものが生じてしまうからなのです。

ですから、今回のように三塚さんという熱血漢が音頭をとって、日韓の共同作業を進めるというのは血が騒ぎます。そして日本の代表的な重工メーカーの三国さんの協力と、上野コリアン街の有志の皆さんとの連携が、必ず韓国での成功に繋がると信じております」。

その言葉に再び座が沸き返った。

「実は川崎のコリアン街の会長からも、今回の計画に協力したいとの連絡がありまして、どうしたものかと思案していたのですが」。

良雄が一枚のファックスを三塚に見せた。そこには、川崎コリアン街の会長名で、祖国の焼肉経済の再生に協力することに加えて、良質の飼料を送るという内容が記してあった。

すると横にいた土方が、とっさに答えた。

「大変ありがたいことですが、今回、牛には、上野地区で回収した生ごみからでき上がった飼料をビール糟に混入したものを与える、ということで進んでいますので。もしなにかご協力いただけるということでしたら、その牛を焼肉用として使っていただけないかと、お伝えいただけませんか？」

土方は、焼肉の品質チェックには地域が分散した方が好ましいと判断したのだった。

「解りました。その旨を会長に伝えます」。

良雄は快くうなずいた。

それにしても、こうしてみると良雄は実に頼りになる男だった。

その人柄が買われるのであろうか、良雄は様々な肩書きを持っていた。

例えば今、日韓の間でキムチを統一ブランドにしようということで、「日韓キムチ統一化委員会」なる組織が設立されているのだが、その日本側に三人いる副委員長のうちの一人が良雄であった。ちなみに韓国側の代表は具玉子女史、日本側代表は農水審議官の長谷川良である。良雄は農水の事務方からの依頼があり引き受けることになったらしい。

「キムチ統一委員会」のそもそもの発端は、九六年の三月に東京で開かれた国際食品規格委員会の部会で、韓国農林部が「キムチは民族の伝統食品」であると主張して国際規格案を提案し、日本の農水省も規格案作りに参画したい意向を表明して、日韓で共同案を作ることになったのが始まりである。

しかし、韓国と日本でのキムチに対する認識の差が、壁を厚くしているらしい。

そもそも韓国のキムチは、白菜を塩漬けにして水を切り、これにイカの塩辛やニンニク、唐辛子などの薬味を塗り付け自然発酵させて作られる。つまり〝発酵〟がキーポイントになる。そして伝統的に、発酵の度合いをいかに調節するか、発酵の度合いによっていかにキムチを美味しく食べるか、といった生活の知恵がある。例えば、熟成の浅いものは漬物として、熟して酸っぱくなったキムチは鍋物に入れたり、炒めたりして食べるといったことである。韓国での最近のヒット商品となっている〝キムチ冷蔵庫〟は、温度を調節することで発酵を進めたり、止めたりすることができるというものだが、こういったものからも〝発酵〟ということが、韓国キムチにおいてどれほど重要なことかが窺える。

一方、日本製のキムチの多くは自然発酵を省き、添加物で発酵したような味を演出したものである。これが、韓国側が主張する「キムチは自然発酵食品である」という定義と真っ向からぶつかっていた。

もっともこうしたキムチをめぐる、決して芳しいとはいえない日韓関係は、今に始まったわけではない。九四年の〝広島アジア大会〟で、日本は選手村からキムチをなくしたために、韓国選手は力を発揮できなかったという報道がされたこともある。

そんな渦中で、良雄は「日韓キムチ統一化委員会」のメンバーとして奔走しているのだった。

三塚は、ふとその話に水を向けてみた。

良雄は静かな声で淡々と話し始めた。

「私は日本側として出ているものですから、いろいろと言われてきましたよ。

日本の委員会側からは、韓国に有利なように動くのではないかと勘ぐられたりもしましたし、また一時期、日本のキムチ業界から、韓国人がなんで日本のメンバーに入っているのか、といった中傷の電話や投書が殺到したこともありました。いっそ、辞めてしまおうかと思ったことも何度かありました。

でも何回か会合を続けていくうちに、そのような誤解やわだかまりも解けてきて、今ではむしろ日韓の架け橋として、私がいるほうがまとまるのではないかというムードも出てきました。

三塚さん。今日は色々な種類のキムチを用意しましたので、たくさん召し上がっていってください」。

そして良雄はにっこりと笑った。

テーブルの上には日本の漬物屋が作ったキムチから、韓国直輸入のキムチ、そしてここの食料品店で自家製造しているキムチなどがズラリと並んでいた。全が手際よく皆の皿にキムチを盛り付けていた。そして韓国産の法酒、カンパリ、マッコリなどの酒や、日本のビールなども並べられ、焼き肉用のコンロには勢いよく炭火が熾っている。

今度は全が三塚と石川支店長の側に来て、ビールを注ぎながら話し出した。

「私は三世なのですが、祖父、祖母が日本に渡って来たのが一九二三年でした。韓国、朝鮮人の移民の多くは、日本が朝鮮半島を支配していたこの時期にやって来ました。

日清戦争で慢性的な米不足に陥っていた日本は、植民地である朝鮮半島から大量の米を収奪したのです。その後、日中戦争が始まると、米だけでなく水や地下資源、労働力など、さらに収奪は激しくなっていきました。

これが当時の祖父、祖母の写真です。その側にいるのが私の父です」。

全は古くなったアルバムを見せた。写真はセピア色になっていたが、上野の近くにある神社の境内で撮ったのと、家族で団欒している様子を撮ったのが数枚あった。

そして全は続けた。

「日本に来た年の九月一日のお昼に、あの忌まわしい関東大震災が起こりました。夥しい死者や行方不明者がでて、上野でも家屋が焼失したり、全壊したりして大混乱の状況だったそうです。そして朝鮮人が井戸に毒をいれたなどとのデマが飛び交って、多くの罪のない人々が逮捕され虐殺されたのです」。

そのことは三塚も史実として知っていた。

関東大震災の直後、日本軍が流布したデマを発端に六〇〇〇人以上の朝鮮人が虐殺されたのだった。しかも、在日朝鮮人の殺害理由はどれも、「自衛上やむなし」とされ、軍の一方的な殺戮行為であったことはあきらかであった。

震災当時の治安担当部署であった内務大臣・水野錬太郎や警視総監の赤池濃達は、震災直後の大混乱で、民衆の不満の矛先が権力側に向けられることを最も恐れた。しかし軍が戒厳令を発令して治安を掌握する口実がない。そこで食料大暴動等を未然に抑える口実として、朝鮮人暴動なるものを作り出して、軍隊の出動を前提とする戒厳令を発布したのだ。軍と警察は「朝鮮総督府に弾圧された朝鮮人が、日本人を恨み、震災の混乱に乗じて暴動を起こそうとしている」、「井戸に毒を投げ込まれた」などあらゆる流言飛語を吹聴した。朝鮮人は敵と信じ込まされた日本の民衆は、軍のデマに踊らされ、虐殺に手を貸してしまったのだった。

「この時祖父は、地震による火事でかなり酷い火傷を負いました。祖母が大八車を借りてきて病院に運んだそうですが、医者が手薄なところに怪我人が殺到して、何時間も病院の外で待たされたそうです。でも祖母は祖父を励ましながら、治療の順番を待って頑張りました。幸い、初期治療を受けることができて、半年程度で回復できたのです。その後、この場所で小さなお店を開いたのですが、暮らしはどん底だったようです」。

「全さんのお祖父様、お祖母様のような方は多かったのですか？」。

三塚が控えめに尋ねた。

「そうです。また先ほど言いましたように、日本の収奪が激しくなったものですから朝鮮の民衆は貧しくなり、職を失う人が続出したのです。そういう人達が大勢、職を求めて日本にやって来たのです」。

話の輪に、回収ボックスの場所を提供してくれた李徳寿も加わってきた。

「私は今六九歳ですが、十歳の時に両親と妹と四人で日本に来ました。正確に言えば、ちょうど日中戦争の泥沼化や太平洋戦争突入による労働力不足のために〝強制連行〟で連れられて来たのです。その後、終戦までに連れられてきた人は六十万人にものぼると言われています。

一九四五年の終戦当時には二三〇万人を超える朝鮮人が日本にいました。その多くは自力で朝鮮半島に戻って行ったのですが、戻るためのお金や手段がなかった人は取り残されました。また、財産の持ち出しを制限されたため、朝鮮に生活基盤を持たなかった人も帰ることができなかったのです。約六十万人近くの人が日本に残されました。この人達が在日韓国人・朝鮮人の一世なのです。

ここに住み始めた最初の頃は本当に酷いものでした。もちろん、日本が第二次大戦で負けてからは、日本人もまた生きるか死ぬかの瀬戸際でした。ここの上野も抑留されていた軍人や家族、そして生きることに精一杯の多くの人々がたくさんいたのですよ」。

三塚も韓国とのビジネスを通じた関係が深いので、この辺の経緯についてはかなり理解しているつもりだったが、やはり当事者の体験に基づく話は、迫力が違うと思った。

日本の敗戦によって植民地支配から開放されると、多くの朝鮮人は〝朝鮮籍〟に戻ることを望んだ。三塚がその立場であれば同じことを希望するだろう。しかし、当時の国際法からいって、正当に樹立された独立政府が認めるまでは日本国籍のままということになっていた。もちろん、反発する者も多かった。そして一九六五年に韓国だけが日本と国交を回復して、手続きをした者が韓国籍を取得したのだった。しなかった者がそのまま〝朝鮮人〟として今日に至っている。

今日、集まっている人達は皆、在日韓国人であると良雄が事前に伝えていたので、三塚が李に聞いた。

「李さん。私はよくお国に行くのですが、〝国立民族博物館〟や〝戦争記念館〟でも、韓国民族のプライドの高さをいつも感じます。〝戦争記念館〟のパンフレットを読んだのですが、確か『我が民族が五〇〇〇年もの間、数多くの外国からの侵略を追い払い、民族と国家を先祖達が守ってきた』と書いてありますね」。

「そうですね。一世は民族性を持つことは自尊心を持つことと同じだという認識ですし、二世の人達は植民地体験はなくとも、激しい差別の中で朝鮮人としての民族性を劣等なものだと否定されて育ったために、民族性が強く出ます。そして三世は差別がかなり弱まった時に育ったので、民族性にこだわるというよりも、生活体験の中で自然に育まれた民族性を持っているといえるのではないでしょうか。もっとも、人により濃淡はありますがね」。

「李さん、私も聞いてもよろしいでしょうか？」

三国重工の北川が、オイキムチを食べ終わったところで口をはさんだ。

「私達は日韓共同のレインボーを立ち挙げるメンバーじゃないですか。どうぞ遠慮なくなんでも聞いてください」。

「ではお言葉に甘えて伺いますが、韓国は在日韓国人をどう思っているのでしょうか？」。

「韓国ではこの問題にあまり触れないことで、国内の民主化運動をする人達を弾圧したり、華僑の人達への差別を温存したりしてきました。

最初、私達は日韓両国に棄てられた民といった屈辱感を持っていました。たぶん今でも、在日韓国人と故国の韓国人とは意識の上でかなりの温度差があると思います。ですから私達は故国に帰っても、喜んで迎えられるとは思っておりません。それより将来、三世や四世の時代がくれば、きちんと日本国籍をとって、日本人として政治にも経済にも、自由に参加できる日が来るのではないかと思いますよ」。

夜も十時をまわったところで、良雄が締めの挨拶をして、キックオフの会合は散会となった。三塚達も在日韓国人の人々との率直な意見交換、本音の話ができたことに清涼な満足感を覚え、必ず成功させるという意欲が沸き立つのを感じた。

第六章　デモンストレーションスタート

三塚達と上野コリアン街との数度にわたる打合せも終わり、全体システムの設計に基づく設備の製作、建設工事等も調って、いよいよ試運転の時期を迎えた。

毎夜十二時、十軒の店舗から、李の用地に設置した真空ボックスに生ごみが運び込まれる。おのおのが登録カードをボックスのカードチェックシステムに入れると、三国重工の遠隔監視センターのコンピューターが反応して、入り口のシュートが開く。生ごみを投入するとシュートが閉まり、袋は破袋機で破られるが、真空のポンプが起動するので臭いは外に全く出ない。そして生ごみは粉砕されて液状化される。液面や故障などはセンサーでセンターに送られて監視されていた。そして予定どおり、三日に一回の頻度で回収車が回る。集められた液状の生ごみはセンター内に設置したタンクに溜められ、その後肥料化、飼料化のプラントに送られる。そこで他の必要なミネラル等がブレンドされ、約一カ月の熟成工程経て、肥料や飼料になる。さらにそれをビール槽などと成分調整をして製品ができ上がる。初期故障が何回かあったものの、ほぼ計画通りに進んでいた。

こうしてテストを始めてから早くも三カ月が過ぎ、いよいよ、韓国での韓牛に対する飼料テストが始まろうとしていた。

九八年四月半ば、日本で成分調整した飼料が五〇〇キロ、肥料五〇〇キロができ上がり、三国重工で袋詰めされたテスト品が一〇〇袋になった。これらを空輸でソウルに運び、予め協力を申し入れてくれた韓牛の酪農家に配布する運びとなった。そして四月の下旬、ソウルで韓牛カルビ活性化委員会が開催される。三塚達は上野コリアン街の具良雄、李徳寿を始め、協力者との最後の調整を行った。

三塚は皆にこれまでの経過と品質チェックの状況、日本の牛に飼料として投与した結果の食味の評価と、肥料についても同様の報告をおこなった。

「このような状況ですので、ソウルでの委員会でも充分、先方の理解と協力を期待していいと思います」。

「私達もテスト飼料で育った牛を素材にした焼肉を試食してみましたが、大変美味しく、合格点をつけられると皆で納得しました。ぜひソウルへは、私と李さんの二人も参加させてください」。

良雄が三塚に頼んだ。

「それはこちらもありがたい。さっそく、具女史と連絡をとってみます」。

そして三国の土方が、手に二つのサンプル瓶を持って言った。

「このサンプルは熟成させた肥料と必要な成分を調整した飼料ですので、皆さんにお回しします」。

サンプルは一リットル瓶二本で、それぞれ蓋を開けて色や匂いを確認した。


二日後、三塚を含めたプロジェクトメンバーと、コリアン街の二人を加えた七名が、ソウルに飛んだ。

午後三時から、「韓牛カルビ活性化委員会」が、ソウル食物公社の本会議室で始まった。

冒頭に、具女史から日本側の全面的な協力への謝辞と、在日韓国人の連携と労苦に対する慰労の挨拶があり、その後メンバーの紹介と議題が事務局より示された。

議題の中心は当然、日本でのデモンストレーション結果の報告である。日本の報告は三塚と土方、そして北川がそれぞれの担当範囲を説明し、質疑も合わせて行った。また、テスト飼料を投与した牛の品質、味覚については土方と上野の具良雄、李が説明した。

活性化委員会の韓常務理事から、予め関係者で打ち合わせてきた総括的な質問や意見が、日本側に伝えられた。その主な内容は、牛の健全な成長を阻害することはないのか、味覚が落ちることはないのか、プロセスの設計は韓国でも大丈夫なのか、コスト的にメリットはあるのか、あるとすれば年間どの程度見込まれるのか、といったものだった。

これらの質問、意見に対して、担当のメンバーから詳しい説明がされ、空輸したサンプルが配布された。

次に今後のスケジュールが示された。

まず韓常務から、協力してくれる酪農家の場所の地図と、焼肉レストランおよび飲食店、スーパーなどの一覧が渡された。

それによると、郊外に点在している六カ所の酪農家と、ソウルの中心街から半径約二キロメートルの生ごみ排出店が対象になっていた。そして、日本でデモンストレーションした規模の一〇〇倍となる、一日三十トンの生ごみを肥料化するプラントを、ソウルの北側にある江北区のごみ焼却場に建設することになっている。

予め、計画の諸数値をファックスで知らされていた三国重工の北川が、全体のプランを韓国側に伝えた。

「まず、空輸した飼料と肥料は、酪農家に各三袋ずつ配布してください。テストに供する牛は一頭ずつとして六頭。飼料は約三カ月分ですので、その後も必要であれば日本側で用意します」。

「酪農家にはなにをやってもらうのですか？」。

具女史が北川に聞いた。

「まず、サンプル飼料を通常通りの間隔で牛に与えてもらいます。そして、毎日の牛の状態をチェックしてもらいます。成分は日本で調べており、また日本の牛に投与する実験も行っていますので、まず問題はないと思いますが、念のためにチェックをお願いします」。

次に、上野コリアン街の一〇〇倍スケールで行う生ごみの回収と、肥料化プラントのスケジュールと投資と費用の詳細説明を、ケーススタディを基に三塚と土方から行った。

「総工事費として回収ボックスと肥料化プラントで約四十億円かかりますが、運搬は既存のシステムを利用します。それからオペレーションとメンテナンス、成分調整用の補助肥料などのランニングコストが年間四億円と見込まれますが、海外から購入するのに比べて年間十億円以上の外貨削減になるとの見通しです。そしてこの場合の設備は、日本側のコンソーシャムで持つこともできますが、長期的に回収していくつもりです。最短でやれば六カ月で運転開始が可能となります」。

三塚達の熱心な態度に、韓国側も前向きな発言が相次いだ。時間は夜の八時を回っていたが、基本的な課題について双方に食い違いが残っていては、プロジェクトはうまくいかない。サンドウィッチとミネラルウォーター、コーヒーが差し入れられ、皆は食べながらの会議を続けた。ほぼ、基本合意に達したのは夜の十一時近かった。

具女史は年もとっている分、さすがに疲れが体全体に感じられたが、三塚達のところに近づいてきて、手をさしのべた。

「無理なお願いを、本当に真摯に受け止めていただき、心から感謝します。一〇〇倍の規模で十億円もコスト削減ができるのなら、今後の結果を踏まえて、さらに範囲を広げたいと考えます。その時もよろしく頼みます」。

「こちらこそ。でもこれはコリアン街の協力がなければできなかったことですよ」。

三塚は具女史と良雄の双方に、握手をしながら応えた。

「そうそうお渡ししなければならないものが」。

そう言って、具女史がショルダーバッグから取り出して、三塚に手渡したのは市条例の改正案だった。

市条例案は、骨子と書かれた四条からなる簡易な内容だった。要は、対象となる生ゴミ排出者は閉店後、速やかに所定の袋に生ゴミを入れて最寄りの真空回収ボックスに投入すること、入れていいものと、入れてはいけないものとの区別表示、協力者と非協力者に対する飴と鞭、システムダウン時の市としてのバックアップ方法といったものであった。

「これで充分だと思いますが、周知のための説明会を何回か行う必要がありますね」。

そう言いながら三塚は、韓国では政治、行政のパワーが日本よりも強力なので、うまくいくのではといった期待感を感じた。

「この条例案は、超党派でソウル市議会を可決する見通しですので、プロジェクトを全力で進めてください」。

「もちろんです。明日は代表のお店と酪農家の方たちに会ってきます」。

三塚達は女史に告げて、公社を後にした。

翌日、日韓のプロジェクトチームは郊外の酪農家を三カ所回り、意見交換を行った。酪農家からは、外貨制限で牛が痩せてしまっているので、もしも品質的に問題がないのであれば喜んで協力する、という声が大半であった。

午後は市内に戻り、焼肉レストラン、スーパー、食品店などを回った。前に何度か行った、女子プロゴルファーの両親が経営している焼肉店にも足を運んだ。

店の主人は三塚達にこう言った。

「生ごみがリサイクルされて飼料に変わり、それが韓牛を育て、私達の商売を支えてくれるというのですから、計画は全面協力しますよ」。

そこで土方が、上野コリアン街のテストで開発した磁器カードを見せて使い方を説明し、また外部者がボックスになにかを投入したりできないことを話した。さらにボックスの遠隔監視や、最適な回収頻度についても、絵と表を用いて解説した。

「これは凄い！」。

説明を聞いていた店の経営者から、驚嘆の声が上がった。

次に土方は、第一ステップで成功すれば段階的に範囲を広げていき、最終的にはソウル、大邱《テグ》、大田《テジョン》、仁川《インチョン》などの大都市に展開していく提案をしていることを付け加え、その時の韓国が得られるコスト削減は少なく見ても、年間二十億ドルになること、そしてこのプロジェクトが日韓のロマンの架け橋になるだろうということを話すと、さらに大きな歓声が上がった。

一連の説明を終え、一行はソウル食物公社に戻った。

そこには具女史、韓常務を始めカルビ活性化委員会のメンバーが多数、待っていた。

「反応はいかがでしたか？」。

具女史が眼にも艶やかなチマチョゴリを着て、笑顔で三塚達のところに来て聞いた。

「酪農家、お店の方々と出来るだけ率直な意見交換をしてきましたが、皆さんとも建設的で、大変期待していただいているようです」。

三塚はそう言って、詳細を女史に説明した。

「そうですか。私はこの計画を政府レベルでも議論したいと思っておりまして、すでに与党には話しています」。

具女子は満足げに言った。

その後、皆で、日本側でやるべきことと、韓国側で詰める課題を確認して会議は終わった。

三塚達は夜の便で帰国の途に着いた。

成田に着いて三塚は、携帯電話に妻からのメッセージが入っていることに気が付いた。折り返し電話をかけると、妻の美穂子が電話口に出た。

「私だが。今から帰るがなにかあったのか?」。

「詳しいことは帰ってから話しますけれど、実は麻衣子の具合がよくなくて、一緒に早慶病院に行って来たの。先生が言うには早急に手術が必要になるみたい」。

美穂子は浮かない声で三塚に伝えた。

「解った。帰ってから話を聞こう。食事を頼む」。

三塚は短く言って電話を切ったが、気持は激しく揺らいでいた。

夜の九時頃、江東区のマンションに着くと、美穂子と娘の麻衣子が出迎えた。

下の娘の優美子は、まだ帰っていなかった。

「麻衣子は身体の調子が悪いというのは、どうなんだ?」

着替えをしながら三塚が聞くと、妻の美穂子が医師の診断を説明した。

「先天性らしいのだけれど、心臓の弁膜に異常があるようなの。最近、仕事中にめまいや息切れがしてたらしいわ。忙しくて無理もたたったのか三日間ほど会社を休んで信濃町の早慶病院にいって検査してもらったの。私も付いていったんだけれど一日かかってしまったわ」。

そう言って、三塚に医師の診断書を渡した。

三塚は気持ちをなだめながら、目を通した。

その診断書によれば、心臓部のエコー検査で僧帽弁の閉鎖不全症の可能性が大きく、さらに精密な検査が必要である、ということであった。

さらに、精密検査の結果、手術が必要ということになっても、早慶病院では多くの実績があるので安心して欲しいと書いてある。

精密検査ではカテーテル検査と心臓血管撮影により手術の方法や危険度を判定する。程度が重くなければ人工弁を使用することもある。

また、手術までの期間の注意事項が詳細に記してあった。

三塚は診断書を読んでいくうちに、どんどん気持ちが滅入っていった。

しかし、居間に麻衣子を呼び寄せて前に座らせると、できるだけ平静を取り戻そうと努めた。

「麻衣子。これは先天性かも知れないが、最近までは特に異常を感じなかったのか？」

「仕事を始めてからもずっと普通にスポーツもフラメンコも続けて来れたから、異常を感じたことはなかったわ。だけどこの間、風邪をこじらせてから動悸やめまいが続いたの。それで十日ほど前に職場で倒れて、病院にいったの」。

「精密検査を受けてみるか？」。

「勿論、受けるわ。心臓弁だって具合が悪ければ、治すしかないもの。私は平気よ。でも病院がなかなか空かないらしいわ。先生がおっしゃるには二カ月先ですって」。

本人は以外と冷静であった。

美穂子は台所で三塚に簡単な食事を用意していたが、すすり泣きが微かに聞こえる。

三塚は麻衣子が子どもの頃、学校の運動会でリレーのアンカーを務め、見事一等になったことや、大学生の頃に家族でシンガポールやマレーシアに旅行に行ったことを思い出していた。先天的だとしたら、この間いつそのような症状が現われても不思議では無かったのだ。

「パパ。韓国のお仕事で大変でしょうけど頑張ってね。ママも優美子も私の強い味方だから勇気一〇〇倍よ」。

「そうだね。パパも応援するよ。だけど女同士の方が何かと頼りになるから出番があまりないかも知れないな」。

「そんなことないわよ。パパが仕事をたくさん家に持ち帰って、バリバリやっているのを見ると嬉しい気分になるわ」。

三塚は麻衣子が努めて明るく振舞う様子を見ていると、こみ上げてくるものを感じたが、麻衣子が明朝、病院の予約を入れていると言うので、とりあえずその結果を待つことにした。

翌日、麻衣子は勤めを休んで、早慶病院におもむいた。

担当は若い心臓外科の藤井医師で、これまで三回ほど病状について親切に対応してくれていた。

藤井医師は麻衣子のカルテとエコー検査の結果と投影フィルムを前に、状態説明を始めた。

「心臓には四つの部屋があります。全身から戻ってくる酸素の少ない黒い血液は、まず一つ目の部屋である右心房に入ります。次に右心室という部屋に入り、右心室が収縮することにより肺に送り出されます。黒い血液は肺で酸素を取り込んで赤くなった血液となり、再び心臓に帰るわけです」

麻衣子は藤井医師の説明を聞きながら、自分の身体が悪くなければ恐らく、心臓についての興味は湧かなかっただろうと思った。

「詳しいことは本でも読んでいただくとして、三塚さんの場合、心臓の各部屋の間にある片開きの扉のような働きをする弁膜の機能が低下しているのです。弁膜の異常には狭窄と逆流の二つですが、両方とも異常の場合もあるわけです」。

藤井はさらに説明を続けた。

「三塚さんの場合は精密検査の結果を見ないと即断はできませんが、恐らく左房と左心室との間にある弁膜の閉まりが悪くなっていると思われます。左房から左室に送り出された血液は、心室が収縮して大動脈に血液を送り出すときに弁膜を逆流して左房に戻る病気です。解りにくいですか?」。

「いいえ、良くわかります。この病気は先天的なものでしょうか?」。

「これまでの臨床例から判断しますと、恐らく生まれた時からのものでしょう。ただし、若い……、いや失礼、育ち盛りの頃は全く健康だったという事例はたくさんあります。ですから三塚さんの場合もそうだと思います」。

「先日は手術を受けたいと申しあげましたが、やはり手術はした方がよろしいのでしょうか?」。

「医師の立場で申しあげれば、自然に元に戻ることはありませんから、若くて体力があるうちに手術をする方が良いと思います。勿論、ご自身が判断することですが」。

「解りました。昨日も家族と話したのですが、手術を受けたいと思います」。

「それと、先日は二カ月先と申しあげましたが、手術は早い方がいいとの判断からスケジュールを調整した結果、三週間後の土曜日に入院していただけることになりました。したがって、手術は火曜日になりますが、よろしいでしょうか?」。

「家族とも相談しますが、私としてはぜひお願いしたいと思います」。

麻衣子は前回、早く手術をしたい旨を告げていたので、藤井医師が病院内の調整で繰り上げてくれたのではないかと思い、軽く頭を下げて返事をした。

そして藤井医師から思いがけない言葉が出た。

「入院前に一度、食事でもしませんか?」。

藤井医師は病院では一番若いので、週のほとんどが出番でろくな休みもないという。独身で賃貸アパートに住んでいるが、女性との縁はないらしい。

「日にちを決めていただければ喜んで」。

藤井は麻衣子にそう言われて、照れながら微笑った。麻衣子もつられてはにかんだ。

「では、その件につきましては後ほどご連絡いたします。そしてこれは医師としてではなく藤井個人としてですので」。

そう言って自分の携帯電話番号を麻衣子に渡した。

麻衣子も自分の電話番号をメモ用紙に書いて、藤井の前に置いた。

第七章　キムチ統一委員会

麻衣子の病状は気になったが、とりあえず二週間後の入院を待つしかなかった。

翌日の朝、三塚がメールを開くと、具女史と具良雄からのメッセージが届いていた。具女史のメールには、来週の火曜日にソウルに来て、良雄と一緒に〝キムチ統一化委員会〟に出席してもらいたいとあった。良雄からのメールには、三塚の都合が良ければ、航空券は成田のＫＡＬカウンターで渡すと記されていた。

さっそく三塚は良雄に電話をかけてみた。

「もしもし、大国エネルギーの三塚です」。

「はい、もしもし、具です。わざわざお電話をいただきすみません。

実はキムチＣｏＤｅｘがいよいよ大詰めの段階に来ました。そこで、三塚さんにはお忙しい中恐縮ですが、オブザーバーとしてご出席いただけないかと思いまして。委員会には両国のオブザーバーの出席が認められておりますので、日本側としてお願いしたいのですが。ご都合はいかがでしょうか？」

「わかりました。日程を調整いたしましてまたご連絡させていただきます」。

「よろしくお願い致します。叔母からもぜひにと言われてます。また、お時間があるようでしたら、韓牛の飼料テストに協力してくれている、酪農家の見学もしてみて欲しいとのことでした」。

「了解いたしました。では、後ほど」。

三塚は電話を終えると、他のメールに眼を通した。その中に愛子からのメッセージもあった。簡単な時候の挨拶の後に、大邱《テグ》市に出かけてきたと書いてあった。

大邱市は金賢姫《キム・ヒョンヒ》と結婚した元安企部の実業家の故郷で、二人が結婚式を挙げた近郊の寺に、なんとなく足が向かったとある。結婚式は九七年の十二月二八日、寺で韓国の伝統にのっとり行われたという。参列した寺の住職は、婚礼衣装に身を包んだ金賢姫は、ふだんよりも濃い化粧をほどこしていたが、淡々とした表情だったと語っていたらしい。そして親戚以外の参列者は、新婦が金賢姫だということは、気がつかなかったらしいとも書いてあった。

そもそも韓国の伝統的な結婚式では、式の最中には一度も新郎新婦の名前は呼ばれない。新婦は顔を一度もあげてはいけないので判らなかったのだろうと、三塚は思った。

愛子はさらに、金賢姫が結婚式の後、二日間ほどを新郎の実家で過ごし、その後大晦日の三一日に慶州市を回り、済州島《チェジュ》に新婚旅行に行っていたことまで調べていた。そしてメールの最後には、次回、三塚がいつソウルに来るのか、来る時は連絡して欲しいと記されていた。三塚はメールを読みながら、愛子がどんな思いでその場所を訪ねたのかを思いやった。

三国重工の北川部長からもメールが来ていた。プロジェクト〝レインボー〟の進み具合が予想以上に順調に進んでいることや、あと二カ月でソウルに器材の搬入ができそうなこと、建設も含めて年内に試運転が可能であるといったことが書かれていた。

当初の見込よりも一カ月は前倒しになっていた。三塚は、来週にでも三国重工と打ち合わせを持つように、部下の佐々木に指示を出した。

翌週、六月の第三水曜日から二日間、三塚は、良雄とともに〝キムチ統一委員会〟に参加することになった。

三塚は朝六時に家を出た。

車で成田に向かったが、一時間ほど前に首都高で車三台の衝突事故が発生していたため、事故渋滞に巻き込まれてしまった。いつもの運転手が時間を気にし始めた。フライトは十時なので二時間の余裕はある。習志野まであと十キロというところで、救急車とレッカー車が追い抜いていった。事故は習志野のトルゲートから出た合流点で起きているようだ。

運転手が心配そうに三塚に確かめた。

「ここでの渋滞があと一時間かかるとすると、ちょっと心配ですね」。

「そうだな。でもぎりぎり八時二十分に着けば間に合うはずだから、もう少し様子を見よう」。

「解りました。最悪の場合は路肩を走るかもしれません」。

「無理しないでいいよ」。

しばらく渋滞が続いたが、徐々に流れが良くなってきた。事故車の撤去が終わったのか、五十分ほどの遅れの後、習志野のゲートを抜けてからは順調な流れになった。成田のＫＡＬのカウンターに行くと良雄が待っていた。

「おはようございます。順調でしたか」。

良雄が心配そうに尋ねた。

「途中、事故渋滞がありましたが、余裕をもって家を出たので、なんとか間に合いました。具さんはだいじょうぶでしたか？」。

「私は家内に送ってもらったのですが、心配性なものですから五時に家を出ました。三塚さんと同じルートだと思いますが、お陰様で習志野付近の事故には遭いませんでした」。

良雄は笑いながらそう言うと、三塚に航空チケットを渡した。あわただしくチェックインを済ませて二人は機内に入った。確か同じ便に外務省の宮沢勇審議官と農林省の池田英作局長も乗っているはずだ。

成田を定刻より三十分ほど遅れて飛び立ったKAL二〇三便は、薄曇りの空に上昇飛行を続けて行った。

しばらくして良雄が前方のシートに座っている宮沢審議官と池田局長を見つけた。良雄は委員会の席で何度か両氏と面識があった。ベルト着用のサインが消えたところで、良雄は席を立って両氏に挨拶した。

席に戻ると昼食の用意が始まった。日本食と韓国食をセレクトできるので、三塚と良雄は、刺し身と天ぷらをメインにした料理をリクエストした。

「どうせ向こうに行ったら韓国食ですから、この方がいいですね。」

良雄は器にタレと醤油を入れながら三塚に言った。

「そうですね。向こうで日本料理を食べると、結構いい値段を取られますからね」。

「そうなんですよ。それに釜山や仁川と違って、ソウルは新鮮な魚が高いんですよね」。

他愛もない話をしながら食事を済ませた二人は、その後当日のスケジュールを確認した。

「今日の委員会は、三時から国際貿易センターの会議場だったですよね」。

「はい。二時頃にはソウルに着きますし、空港から会場まではタクシーで一時間はかかりませんので充分、間に合います」。

そして三塚はこれまでのキムチ委員会の経緯と今日の課題に目を通した。

ＣｏＤｅｘとは、ＦＡＯとＷＨＯが共同で組織する国際食品規格委員会が、食品の国際交易の促進と消費者の健康保護を目的に取り決める、国際食品の規格を意味している。ＣｏＤｅｘ規格作りは、個別食品における主な利害当事者が共同で作業チームを作り、自国の規格基準に基づく規格草案を作成するのが一般的である。今回のキムチＣｏＤｅｘについて、韓国は九七年三月から九月まで、日本と四回の作業部会会議を開き、最終案をまとめたと資料にある。

今回の作業部会は、韓国が提案した白菜キムチの規格案を基本に、日本が提案した一部食品添加物を部分的に受け入れた形を最終確認するもので、非常に重要な部会となる。

韓国側も自分の主張に固執すると、各国キムチの国際化が促進しないリスクがあり、より多様なキムチの生産を促すためには、日本の提案も一部取り込む必要があった。

今後の予定が示してある資料によると、草案の提案から最終承認まで八段階からなっていた。最終的には二〇〇〇年の〝第二〇次ＣｏＤｅｘ加工果菜類分科委員会〟の審議を経て、二〇〇一年七月ＣｏＤｅｘ総会でキムチＣｏＤｅｘ規格として採択される見通しだ。三塚はひと通り資料をチェックしてから良雄に二～三聞いてみた。

「これまでなにが争点だったのですか？」。

「まずキムチの規格名をどうするかで双方の意見が対立したのですが、日本側が譲歩して、白菜キムチの国際通称である〝Ｋｉｍｃｈｉ〟に統一されました」。

「日本側の言っている添加物は、どんなものなんですか？」。

「キムチの規格については基本原料と任意材料、食品添加物の三種類に分類されています。基本原料は白菜、粉唐辛子、にんにく、しょうが、ねぎ、大根、塩です。任意材料には果実類、野菜類、ごま類、塩辛類や小麦粉などが入ります。そして添加物としてはキムチの歯ごたえを改善するソルビトールや天然香料などです。日本側は魚のあらや腸は任意材料にしてもらいたいと主張しており、この点は韓国が譲歩したのです」。

話をしている内に飛行機は高度を落とし、着陸態勢のアナウンスが流れた。

金浦《キンポ》国際空港の姿が前方に見えてきた。空港は他の到着便と重なり、乗降客で溢れていた。

入国手続きを済ませてゲートを出ると、宮沢審議官と池田局長が待っていて、あらためて挨拶を交わした。そしてそれぞれタクシーに乗り込み、国際貿易センターに向かった。

六月のソウルは黄砂の影響か、大気がどんよりとしていた。ゴビ砂漠と中国の中央地帯からの黄砂被害は、年を追うごとに拡大しており、日本の九州地区や山陰地区でも広がっている。

予定の時刻前に全メンバーが特別会議場に集まった。具女史も韓国側の委員長としてすでに席についており、三塚達に軽く会釈をした。日本側代表は農水大臣の田中誠だが、彼は新潟県出身の実力者でいずれは総理を目指す器と言われていた。

定刻になり両国代表の挨拶の後、事務局からのメンバー紹介そして議題の説明がなされた。

第一の議題は、キムチの品質基準の中で色をどうするかという点が論点となった。韓国側は唐辛子の色である赤を主張した。一方、日本側からは黄色も加えたらどうかという意見が出され、日本人は沢庵の色に慣れており、海外で生活している同胞は黄色の漬物に郷愁を感じると主張した。しかし、色に関しては黄色は採択されなかった。

次に味と舌触りについてすりあわせが行われ、両国の合意が得られた。これはまず、味は辛く、塩辛く、酸い味を基準とし、舌触りは適当に硬く、シャキシャキとした歯ごたえがあるということが基準になった。しかし食品の味とか歯ごたえを数量化することは不可能なので、定性的な表現とせざるを得ない。この他は確認項目がキムチ製品の定義、衛生、表示、重量、分析及び試料の採取方法で、ドキュメント化の作業が続いた。作業部会は二時間ほどで終了した。

三塚は具女史に近づいて握手を交わすと、女史は甥の良雄を含めて再会を喜び、二人を労った。

「三塚さん、生ごみの処理プロジェクトは予想よりも早く立ちあがるそうですね。実は今日の会議に、三塚さんにも出ていただけるように農水大臣にお願いしたところ、キムチの後段処理に尽力している人に、オブザーバーとして参画してもらうのは結構なことだとのお返事をいただき、日本側として出ていただくことができたんですよ」。

「良雄さんから具先生のアドバイスがあったことは聞いておりました」。

「なにか問題となるようなことはありますか？」。

「いえ。しかしやはり基本原料の中に相当量の塩が入っていますので、生ごみの前処理として水スラリーにして、排水側で処理する計画です」。

具女史はうなずいた。

「ソウルカルビ活性化委員会の韓常務の説明では、日本から送って貰った肥料、飼料のサンプルを韓牛に投与したテスト結果は上々だと聞いています。来月には中間報告ができると思いますよ」。

「期待しております。プロジェクトも九月には試運転に入れると思いますので先生に竣工式の音頭をとって頂きたいですね」。

「本当に待ち遠しいことです。ようやく韓国経済も最悪期は抜け出せそうですので、活気も戻りつつあります」。

「私も空港からこちらに向かう途中、街の様子を見ていたのですが、市民の表情も前より明るくなった感じを受けました」。

三塚がそう言うと、横にいた良雄が口を挟んだ。

「叔母さん、三塚さんは大活躍でコリアン街ではヒーローですよ」。

「このプロジェクトが成功したら、ソウルの韓河の麓に三塚さんの銅像を立てようかと考えているのだけど。でも三塚さんは辞退すると言ってきかないのよ」。

三塚は以前、具女史からそんな話を聞かされたことを思い出して、苦笑しながら首を横に振った。

「具先生、これは慈善事業ではありません。もちろん、プロジェクトが成功することは男冥利につきますが、ビジネスとしての採算性も見込んだものですので、とても銅像などとは無縁のことですよ。お気持ちだけで充分です」。

「三塚さんらしいですね。それでは別の会議が待っていますので、これで失礼します。良雄さん、あとは三塚さんをよろしくね」。

そう言うと、具女史は秘書と一緒にエレベーターの中に消えていった。

そして良雄が三塚をうながし、車に乗り込んだ。良雄は運転手に江南区のルネッサンスソウルホテルに向かうように告げた。このホテルも新羅やロッテなどと同じ、スーパーデラックスホテルで有名だ。

ホテルの一階には、韓国料理のレストラン〝サビル〟がある。ここは宮廷料理、伝統料理が、ア・ラ・カルトで揃っている。

「ここの、オーナーも具と言うのですが、実は具女史の妹の次男に当たります。つまり私とは従兄弟同士ということです」。

「〝サビル〟は一度、ソウル食物公社の呉社長と来たことがありますが、その話は初めて聞きました」。

「そうですか。呉はここのオーナーの妹の亭主ですので、女史の甥に当たり、私とは血縁関係はありませんが親類ということになりますね」。

「なにかと具女史ファミリーとはご縁がありますね」。

席に座って、料理と飲み物を注文していると、オーナーの具元寿が濃紺のスーツ姿で現れた。

「良雄さん、しばらくです。玉子おばさんから良雄さんがキムチ問題の会議に出席することは聞いていました。店のスタッフからは、良雄さんから電話があったことを聞いていたので、会えるのを楽しみにしてたんですよ」。

良雄は具元寿に三塚を紹介した。

「はじめまして、三塚です。一度、呉さんとここにお邪魔したことがあります。また、具先生とは色々とご縁がありまして、今日も良雄さんと先生を交えた〝日韓キムチ会議〟に出席していたところです」。

三塚は具元寿に女史とのいきさつをかいつまんで話した。

「あなたのお話は玉子叔母からよく伺っております。なんでも韓国経済の立て直しに一役買って頂いているとか。叔母はあなたのファンみたいですよ」。

「まだプロジェクトは進行中ですが、九月からが勝負になるでしょう。女史も呉社長も最大限の協力をしてくださっています。きっと成功させたいという、皆の気持ちが天に通じると信じてます」。

呉元寿は嬉しそうに微笑んだ。

「では、キムチ問題の解決とカルビプロジェクトの成功を祈念して乾杯といきましょう」。

良雄の音頭で、三人は高級なワイングラスを軽く合わせた。

それから三人の会話は、仕事からプライベートにまで話題が及んだ。話は弾みに弾み、そうこうしているうちに時計の針は十一時近くになっていた。店は外人客が中心となってかなり混雑してきたが、オーナーは席を立とうとしなかった。三塚は良雄に〝そろそろ〟と視線で合図を送り、おもむろに請求書を取ろうとすると、オーナーがその手を静かに押しとどめた。

韓国の恩人に払わすわけにはいかない、ここはオーナーの奢りにさせてもらいたいと眼が言っている。良雄も三塚に同意を求めている。仕方なく三塚は請求書から手を離し、礼を言った。そして良雄と二人でホテルへの帰途についた。

三塚はフロントで良雄と別れて、地下のバーラウンジに足を運んだ。愛子には事前に連絡を取っていなかったから、いないかも知れない。

しかし愛子はカウンターで外人客の接待をしていた。ちょうど、その客が帰るところだったので、三塚はその隣に腰を下ろした。

愛子はびっくりした表情をしたが、帰り客を送ってから三塚のところに戻ってきた。

「何の連絡もなかったから、驚きました」。

「今日来たんですよ。昼は会議で、その後は関係者と食事をしていたものだから、明日にでも電話しようと思ってたんだけどね」。

「こちらにはいつまで?」。

「明後日の朝便で帰国するんだけど、メールでも知らせたとおり、娘の手術のこともあるので場合によっては繰り上げるかも知れません。明日はソウル近郊の酪農家を訪ねる予定なんですよ」。

「そう。それじゃあ今晩しかお会いできないんですね。娘さんの手術がうまくいくように祈ってます」。

愛子は寂しそうな表情になった。

「ここは何時までやってるんですか?」

その顔を見かねて、三塚は思わずそう言った。すると愛子の顔がぱっと輝いた。

「もうそろそろ閉店の時間なんです。でも三塚さん疲れていませんか?」。

「いや、大丈夫です」。

「じゃあ私、すぐ支度をしてくるので、上のスカイラウンジで待っていていただけますか？」。

「解かりました。あそこは二時ごろまで開いているから、ゆっくり待ってますよ」。

三塚はエレベーターで最上階まで上がった。スカイラウンジは静かなムードで、外の夜景が良く見える。

「お待ちどうさま」。

ほどなく愛子は淡いピンクのワンピースに着替えて現れた。胸に揺れるプラチナのネックレスがよく似合う。

「この間、あなたのメールを読みましたが、大邱に行ったんですね」。

「そうなんです。そうしたら結婚式をしたお寺の総務の人に会えたんです。そして私の事情を話したら、気の毒に思って当時の状況と、最近の金賢姫に関する風評を話してくれました。総務の人は、式を執り行った時も彼女は淡々としていて、しかも事件当時にマスコミに載った写真などに比べるとずっと顔がほっそりして、誰も本人だとは気がつかなかった、と言っていました。でもね、実は会場に在ソウルの記者が一人紛れ込んで写真を隠し取ったらしいんです」。

「へぇ、それはすごいスクープになっただろう。でも、日本ではニュースになったかな」。

「失敗したって言ってました。なんでも式に出席していた安企部の職員に見つかって、フィルムを没収されたらしいのです」。

「じゃあ、結婚式の写真は一枚もないんだね」。

「二人の結婚式の写真は近くの写真店が写したんですけれど、式の翌日の午前中に新郎の長兄という人が〝米国に早く行かなければならないので、フィルムを全部返して欲しい〟と言って、全てのフィルムを持っていったそうです。だから、この写真店では、写真を一枚も焼く暇がなかったようです」。

「ということは、結婚式の写真やスナップの写真は、マスコミにも出回っていないというわけか」。

三塚は、金賢姫の身の安全に関して、韓国政府が細心の留意を払っているのを感じた。

「韓国の映画会社や出版社が狙っているそうですよ。そして日本の映画会社も一社が打診中だと聞きました。

そして今のところ安企部の関係者は〝金さんは普通の主婦と同じように洗濯や掃除、料理をしたり市場に出かけたりしているのではないか〟と話しているそうです」。

三塚は愛子がどのような思いで、賢姫の結婚を受け止めているのだろうかと気にかかっていた。

「それで、あなたの彼女に対する率直な感想はどうなの？」。

愛子はラウンジの窓から見える夜景に視線を移しながら、切なそうな表情を浮かべ、そして自分を納得させるように口を開いた。

「複雑な心境ではあるんですけど、考えようによっては彼女は自殺するよりも辛い日々を送ってきたとも思うんです。もちろん、祖国に帰れば厳しい処置を受けるのは間違いありません。私は今、韓国で暮らし、韓国人と結婚した彼女の選択に何となく理解できるような心境になりつつあるんです」。

三塚はその言葉に痛々しさを感じた。

「そうですか。あなたも気持ちの整理ができたら、自分の幸せを見つけるのも大事だと思うよ。もっとも今がその結論ということもあり、だけどね」。

すると驚いたことに、愛子は少しはにかんだ表情を浮かべた。

「実は少し前、勤めていた貿易商社の部長がお店に来たんです。それでその時、一人の男性を連れてきて私に紹介しました。聞いたらその人、韓生貿易の課長で、私の婚約者だった金大志の後任でパリに駐在したこともあるっていうんです」。

「へぇ、それで」。

三塚は先をうながした。

「部長が言うには、彼の名は朴国順といって、パリ駐在の後、シンガポールのプロジェクトを成功させたエリートで、君の話をしたら是非会いたいというから連れて来たって」。

「その人は、独身なの？」。

「ええ、ほぼ十年近くの海外生活で、結婚を考える暇がなかったと苦笑していました。でもファーストインプレッションは良くて、快活で知的な会話がとても楽しかったんです。まるで三塚さんと会っているようで」。

「おやおや、僕は話し相手にはなれるかもしれないけど、ロマンスの相手じゃないよ」。

愛子はくすりと笑った。そして真顔に戻るとさらに続けた。

「彼にパリの話をしたんです。彼は会社が契約していたアパートに入ったので、金大志と同じ所で生活してたと言っていました」。

これには三塚も驚いた。

「それは何かの巡り合わせというか、因縁のようだね。で、その後もお付き合いしているんですか？」。

「それから、二週間ぐらいして彼が一人でお店に来ました。私、三塚さんの話もしたんです。戒厳令の夜に助けてもらったことや、その後も、私を勇気づけてくれていること、そして韓国の経済活性化に汗を流していることなど全部。彼、ぜひ、一度お会いしたいと言ってました」。

「僕はあなたの友人としてできることをしているだけだよ。それで話が進みそうなんですか？」

「さぁ。でもまだどうなるか判らないけど、ひとつひとつ区切りを付けて行こうと思って。金賢姫の結婚した寺に足を運んだのもそのひとつかもしれません」。

三塚は愛子の話を聞いていて、二人の幸せを心から祝福したいと思った。と同時にその時、相談相手としての自分の使命も終息するような気がして、少し寂しくも感じた。

翌日、三塚は良雄と一緒に、テストに協力してくれているソウル近郊の酪農家を回ることにした。車をチャーターして、ホテルから聖水大橋《ソンス・テーキョー》を渡り、東大門区《トンデムン》を抜けて城北区《ソンブク》に入る。以前宿泊したビクトリアホテルを左に見ながら、月渓路を北東に進むと中浪川《チュンランチョン》の上流に出る。前日、連絡してあった二軒の酪農家は川の両サイドにあった。

一〇〇頭ぐらいの韓牛が放牧されていて牧草を食んでいたが、車が近づくと食むのを止めて、こちらに頭を向けたような気がした。

「皆さん、歓迎してくれているようですよ」。

三塚が冗談混じりに良雄に言うと、彼も肯く。

酪農家の全が家族と一緒に迎えに出た。

「はじめまして。お電話をいただきお待ちしておりました。三塚さんと具先生の甥の良雄さんですね」。

主人の全は野良仕事の支度のままで、二人と挨拶を交わし、妻と家族を紹介した。

「テストの状況はいかがですか?」。

三塚が尋ねると、全は二人を牛舎に案内するという。牛舎には放牧していない韓牛が五頭ほどいて、全はその中の一頭を指差して言った。

「これが、テスト飼料とビール糟などをブレンドしたものを食している牛です。ブレンド飼料にする前と後で特に変わった様子は見られませんが、テスト飼料の配合割合を上げたほうが、体重の増加率が大きいような気がします。もっとも、この件に関しては、活性化委員会の方で判定しますので正式な見解ではありませんが」。

「そうですか。元気は良さそうですね」。

「牛の排泄物の検査もしておりますが、消化の状況も非常にいいですよ」。

三塚と良雄は、全の説明を聞きながら、確かな手応えを感じた。

二時間ほど牛の状況を話し合っていると、牛舎の奥にある住まいから全の妻が出てきて、昼食に誘った。

酪農家の住まいといっても、昔と違って近代的な住宅が多いそうで、全の家も二階建ての瀟洒な造りだった。

オンドル床に座ってテーブルの上を見ると、コンロには炭が真っ赤に熾っていた。メタルの大皿には韓牛の肉が山盛りになり、横に葱やしいたけ、ピーマン、玉ねぎ、ししとう、そして千金菜が並んでいる。そしてテーブルにはその他いろいろな種類のキムチと、牛のレバーやロースの刺し身が盛り付けられていた。全と妻が、交互に箸で二人に牛の刺し身を盛りつける。韓国では箸を共有するのが親しさの証しというが、日本人にはいささか困惑する習慣だ。酒も注がれたが、レンタカーでの運転があるので丁重に断った。

全は器用に焼き肉を炭火の上で転がしながら、二人の皿に配る。胡麻とニンニクのはいったタレをつけて口に運ぶと、カルビ独特のジューシーな味が口いっぱいに広がった。

「三塚さん、日本でも生ごみのリサイクルは行われているのですか？」。

全は興味深げに訪ねた。

「今、日本は最終処分場の寿命がいくばくもなくなってきまして、特に大都市では深刻な問題になっております。そこで、事業系の食品廃棄物をリサイクルする事業が、国や自治体の後押しを受けて始まりつつあります。ただし、大都市ではスーパーやコンビニ、ホテル等からでる食品廃棄物をエネルギーに変えるのが主流になるでしょう。地方や農村地帯では肥料化や飼料化も実現しておりますが、大都市では肥料化、飼料化しても供給過多になってしまいます」。

「なるほど。そういえば具さんのコリアン街の協力で、飼料のテストサンプルを配合してるのは、私のところを含めて六軒と聞いてますが……。ちなみに隣の金さんのところでは子牛に与えているんですよ」。

「金さんのところにはこのあと、伺うことにしております。この件でお互い話されたことはありますか?」。

「はい。先日、金さんの家で一杯やった時にも、テスト飼料のことが話題になりまして、順調だと言っていました」。

「そうですか。今日はいろいろと有意義なお話と美味しい料理を、たくさんありがとうございました。プロジェクトもあと三カ月で完成しますので楽しみにしてください」。

二人は全家族に礼を言い、車に乗り込んだ。

川を挟んだ向かいに金の酪農場がある。こちらは大きな平屋の住宅で、後ろが放牧場と牛舎となっている。金は年の頃は六十歳代くらいで、愛想のいい態度で二人を迎えた。

「金さんのテスト牛は子牛だそうですね」。

三塚は先程、全から聞いたことを確認した。

「はい。委員会の方から、私のところでは子牛で試したいと行って来たので、ちょうど三カ月になった雄牛をテストに使うことにしたのです」。

「それで、様子はいかがですか?」。

「貴重な飼料ですので、委員会から示されたテスト要領に従ってこれまでやってきましたが、子牛の体重増加、色、艶とも申し分ありませんし、子牛の時によくある下痢等の症状もほとんどありません」。

三塚はホッとした。

「そうですか。実は生ごみを粗破砕して選別する時に、活性珪素を入れてるのです。またその後の微破砕の時も同じく活用しておりまして、この効果があるのではないかと思っております」。

「活性珪素というのはどんな働きをするのですか？」。

三塚は、これは専門技術的な問題なので、あまり詳しく説明するのもどうかと思ったが、いくつかの特徴を金に話した。

「活性珪素の原液を添加しますと、家畜や魚類の成長を大幅に促進することができ、さらに病気、特に哺乳類の下痢症等の予防治療が可能になります。その他の飼料添加剤、家畜用医薬品との併用も可能ですし、生ごみの腐敗臭を抑える効果もあるのです」。

「そうですか。これまでの輸入飼料にも含まれているのでしょうか？」。

「具体的に申しあげる材料を持っておりませんが、多分添加剤として入れられていると思いますが」。

「そうですか。それでは子牛をご覧いただけますか」。

金は先頭に立って二人を牛舎に案内した。牛舎は全のところのものよりも、ふた周りほど大きいようだった。

「これがテスト牛です。もう二カ月ほど投与してますが、同時に生まれたもう一頭よりも体重は多い状況ですし、勢いもいいです」。

二軒の酪農家に聞いた限りでは、テスト飼料の結果は三塚が充分満足するものだった。

二人は金氏に別れを告げてホテルに戻ることにした。

帰りは良雄に代わって三塚が運転をした。しかし韓国での運転は三年ぶりなので不安がないわけではなかった。

「左ハンドルは慣れているけど、車線が日本と逆なのはちょっと勝手が違いますね」。

三塚は助手席に座っている良雄になにげなく話しかけてから、ふと横顔を窺うと、彼の表情は引きつっていた。左のこめかみの血管が、心なしか浮き出ている。三塚は吹き出しそうになった。

「良雄さん、大丈夫ですよ。僕はヨーロッパやマレーシア、そしてシンガポールでも無事故、無違反の優良ドライバーですから」。

「そうですか、やっと安心しました。見てください、私の両足がこんなに突っ張ってカチカチになってしまいましたよ」。

そう言って良雄は、自分の両足を手でもみほぐした。

車は田園風景を後にして、東大門区を抜けて漢江《ハンガン》市民公園を見ながら水東大橋を渡り、オリンピック大路を左折し、ホテルに無事到着した。

「ご心配をかけましたが、予想よりも早く着きましたね」。

「ジャスト一時間でした。私よりも数段、運転が上手いですね。これからもお願いしますよ」。

良雄は安全ベルトを外して車外に出て、大きく背伸びをしながら三塚に礼を言った。そこで、三塚はこう切り出した。

「良雄さん、当初の予定では明日、帰ろうと思っていたんですが、仕事も一応片づきましたし、今日の夕方の便が取れれば変更したいのですが」。

怪訝な顔をしている良雄に三塚は、娘の麻衣子が明後日から早慶病院に入院することを話した。

「そうですか、それは心配ですね。

それにしてもそんな大変な時にお越しいただいて、本当にすみません。

私は叔母達と約束がありますので残りますが、三塚さんはご家族のためにも早く日本に帰ってあげてください。さっそくホテルで便の手続きをいたしましょう」。

さっそくホテルのコンセルジュから金浦空港カウンターに連絡を取ってもらい、便の変更手続きを済ますと、三塚は自分の部屋に戻った。

帰り支度を調えて、一息ついたところで自宅に電話をかけると、麻衣子が出た。

「麻衣子か？　パパは今晩帰ることにしたよ。身体の調子はどうだい？」。

「あら、明日帰るって聞いてたけど、今日帰ってこられるの？

私の方は、身体の調子は前とそんなに変わらないけど、さすがに食欲はないみたい。それと朝になると少し微熱が出るの。

ママは私のパジャマや身の回りのものを用意するために買い物に出かけてるわ」。

間近に手術をひかえ、さすがに麻衣子の声は心もとなかった。

「先生はなんて言ってるだい？」。

「特に炎症なんかを起こしているわけじゃないけど、抗体が落ちているから微熱が出ることはよくあるって言ってたわ」。

「とにかくあまり外へは出ない方がいい。それと食欲がなくても、バランスのいい食事を摂らないと体力がつかないから、ちゃんと食べなさい」。

三塚は麻衣子を励まして電話を切った。

第八章　家　族

六月二十日の土曜日、朝から梅雨前線の影響で小雨が降り続いていた。

今日はいよいよ麻衣子が入院する日だ。実際の手術は翌週の火曜日だが、事前の診断やデータ採取と分析をしなければならない。

三塚もなにか準備を手伝いたいと思ったが、いかんせん男には細々としたことは分からない。諦めてそこは女性軍に任せることにし、三塚は運転手として、病院まで車で皆を連れていった。

信濃町の早慶病院に着くと、これまで麻衣子の担当助手だった藤井が受け付けで待っていてくれた。母親の美穂子も妹の優美子も藤井とは面識があったが、三塚は初めて会う。

藤井は三十歳を少し超えているようだった。口髭をたくわえ、ボサボサの頭を手で掻きながら、三塚に麻衣子の担当医であることを告げた。

「それではこれから九階の心臓外科の部屋に参りましょう。そこで麻衣子さんの病状と手術内容についても詳しくご説明いたします。今日は教授の島はおりませんが、病棟医長の小林が同席致します。そして麻酔科の神納医師が全身麻酔についてご家族の皆さんにご説明致します」。

説明の前に麻衣子を病室まで送ることにした。

相部屋の窓側ベッドが麻衣子のスペースだった。すでに三人の患者がそこで療養生活を行っていたが、一人は麻衣子と同年齢の女性で、心臓静脈系からくるアトピー患者だった。もう一人は年老いた女性で、術後のリハビリ中ということだった。夫と思われる人が見舞いに来ていて、果物の皮をナイフで剥いていた。三人目の患者は、術後大分経っていて経過も順調で、一人で歩行もでき、見舞い客からもらったと思われる花を花瓶に生けるため、洗い場の方に行っていていてベッドから離れていた。

母親の美穂子は麻衣子と一緒に患者のベッドの側に行って、挨拶をして回った。ちょうどその時、花瓶に花をアレンジし終えた患者が戻ってきた。中年の女性で動脈系統の小さな腫瘍を摘出して二カ月経ち、退院も近いという。

「どちらが悪いのですか?」。

その女性は、ベッドの脇に花瓶を置きながら麻衣子に聞いた。

「心臓弁膜症で来週の火曜日に手術する予定です。術後も当分の間、こちらで治療することになりますのでよろしくお願いします」。

「そうですか。大変ですね。お大事になさってください。私は来週の土曜日に退院する予定なので、短い期間ですがこちらこそよろしく」。

美穂子は用意してきた麻衣子の身の回りのものをベッドの棚に乗せながら、下着類や小物を脇机の中にしまった。麻衣子は枕元にミッキーマウスの人形やグッズを飾った。男の三塚には計り知れないが、長い闘病生活に立ち向かうには、自分の分身のような人形などが気持ちを癒してくれるのだろう。

「それでは、したくができましたら医長室にご案内します」。

藤井が家族を誘導した。

医長室は同じ階のナース室の隣にあった。そこには小林病棟医長と麻酔科の神納医師が待っていた。白いテーブルに家族と医師が座ると、藤井が麻衣子のカルテと心臓血管撮影写真をホワイトボードにマグネットで留めて、説明を始めた。

「さて以前に、麻衣子さんには血管撮影写真を使って詳細に説明しましたので、その点は省略しますが、結論から言えば軽度の心臓弁膜症です。弁膜症は弁膜の開きが悪くなる、つまり狭くなる狭窄症と弁膜が閉まり難くなる閉鎖不全症とがありますが、麻衣子さんの場合は閉鎖不全症です。悪い弁膜は一箇所で左房と左心室との間にあるものです。心室が収縮して大動脈に血液を送り出すときに弁を逆流して左房へ戻る病気です。左房の血液が戻るために、どんどん大きくなっていきます。

このように左房が大きく引き伸ばされるために、心房細動という不整脈を生じることが多く、また病状が進むと心不全などの症状が出現します。

麻衣子さんの場合、弁膜の変形が軽度と判断されますので人工弁に取り替える必要はありません。つまり手術によって悪い部分を切除して弁の機能回復をはかることに致しました」。

三塚は麻衣子の症状が軽度であり人工弁を使わないという藤井医師の説明に納得し、何度も相づち打った。

藤井医師が話を続ける。

「軽度とは申しましても、心臓手術ですので全身麻酔が必要になるのと、状況次第では大量の輸血の準備もしておかなければなりませんので、その点について神納医師から説明させていただきます」。

神納は、眉毛が少し下がった四十歳ぐらいの優しそうな感じのする医師だった。子供や女性にも安心感を与えるだろう、と三塚は思った。誰でも全身麻酔などと言われれば緊張する。こうした面差しを持つ神納は打ってつけに違いなかった。

「麻酔科というところは主に三部門を受け持っております。ひとつめが手術室の麻酔です。当医院では高度な手術が、年間九〇〇〇件以上行われています。この麻酔では、その手術中の全身の状態を管理し、痛みや意識を取り除き患者さんが辛くないようにしています。また、患者さんの手術中の状態をよくすることで、外科医が安心して手術を行えるようにしています」。

神納はボードに張った〝麻酔科の仕事〟というペーパーを使って、説明を続けた。

「皆さんは、麻酔科についてどのようなイメージをお持ちでしょうか？」。

三塚は、ごく素朴なイメージを伝えた。

「そうですね。うちの家族はあまり手術を経験したことがないものですから、イメージと申しましても確たるものは持ち合わせませんが、麻酔が本当に覚めるんだろうかという不安はありますね」。

神納はうなずいた。

「皆さん、よくそうおっしゃいます。

確かに、日本でも適量を間違えて回復しなかったという、過去の不幸な事例もあります。しかし、今日の麻酔科の仕事は麻酔技術にとどまらず、外科系と内科系、基礎系と、臨床医の知識・技術が幅広く求められています。ですから二年間の臨床研修で、適格な判断力と大胆な実行力を身に付けることになります。麻酔の知識、技術、機器、薬剤は日々進歩しているんですよ」。

神納は表を持ち出して今、説明したことを補足した。

「生れた赤ちゃんからお年寄りまで、以前は困難と思われていた状況でも安全に麻酔がかけられるようになっています。ですから、麻衣子さんについてもどうぞご安心ください。

そして麻酔科の次の仕事は蘇生、集中治療です。呼吸停止や心臓停止といった緊急事態で、心臓蘇生を行う一番のエキスパートが麻酔科医なのです。また、各種の患者モニターや人工呼吸器などの最新機器を駆使して、ＩＣＵの管理も行います。

三つめはペインクリニックです。人が医師を必要とする最も多い理由は痛みです。この痛みを抑える一番のエキスパートはやはり麻酔科医です。もちろん、医師であれば誰でも痛み止めの知識があります。しかし、麻酔科医の痛みの管理は次元の高いものです。麻薬を始めとする各種薬剤の知識も豊富で、かつ神経ブロックという特殊な方法も使います」。

神納が説明を終えた。

「どうもありがとうございました。全身麻酔に関しましてはよく理解できました。ところで輸血はどの程度、必要なのでしょうか？」。

三塚は重ねて尋ねた。

「その点については私からご説明します」。

今度は藤井が神納から引き継いで、別の資料を基に話し始めた。

「心臓弁膜の手術ですので、心臓内腔を開ける必要があるため、人工心肺が必要です。人工心肺を使って、大動脈遮断をバルーンカテーテルで行ないます。この方法では手術瘡をできるだけ小さくして十センチ以内の肋間開胸からのアプローチが可能です。輸血は手術時間によって若干、輸血量は異なってきますが必要となります」。

「危険は無いのでしょうか？　それとどの程度で回復するのでしょうか？」。

母親の美穂子が心配そうに尋ねた。

「当病院はあらゆる心臓治療の実績がありますし、心臓外科医の技術力は最高水準のクオリティにあると言えますので、リスクは限りなくゼロに近いと考えております。そして麻衣子さんの場合、人工弁に取り替えるのではなく悪いところを切除して機能回復を図るということですから、さらにリスクは少ないと言えます。どうぞご安心ください」。

病棟医長の小林が説明した。小林医長は三塚と同年輩と思われるが、学者風の威厳とインテリジェンスを感じた。

「それから術後の回復ですが、一般論で申しますと私どもは常に患者さんの早期回復を目指しております。ほとんどの患者さんは術後自然に回復しますが、私どもはそれをさらに推し進める努力をしております。例えば、手術の翌日からすべての点滴類、尿、ドレーンなどの管を抜去して、離床、歩行、食事を可能にする手法を確立しました。勿論、手術での心臓自体への侵襲低下や出血量の著しい減少などによってはじめて可能なのですが、麻衣子さんの場合は既往症も有りませんし、お若いですから回復も早いと言えます」。

「良くわかりました。私達、家族にとっても大変、心強く思います」。

三塚はホッとしながら医師団に礼を述べた。

「それから輸血の件ですが、私も麻衣子と同じ血液型ですが」。

三塚が重ねて尋ねると、藤井は手を軽く横に振って言った。

「以前ならそのような方法もありましたが、今では日赤が必要量を確保していますので、お父さまからの輸血の必要はありません。よろしければ日赤の献血にご協力いただければと思います」。

その後、手術の予想時間やアフターケアなどの詳細を聞き、一家は部屋を出た。病室に戻ると他の患者たちにもそれぞれに、見舞い客が訪れていた。


火曜日の朝、三塚一家は早い朝食を済ませて、再び病院に車を走らせた。九時からの麻酔の後、手術が始まる。三塚が運転中、美穂子も優美子も黙っていた。皆の胸中は同じだ。

三塚は沈黙が堪らなくなり、二人に話しかけた。

「土曜日に、先生達は日本でも最優秀の人たちだと友達から聞いたよ」。

「大学の友達?」。

美穂子が尋ねた。

「うん。友達の親父が東大病院の副院長をやっているんだ。ママが麻衣子を産む時に頼んだ友達だよ。東大の分院で出産したじゃないか」。

「ああ、柳原さんのこと。お父さんが副院長なの？」。

「そうなんだ。土曜日に柳原君の家に電話したら、ちょうど彼が出てね、麻衣子の手術の話をしたんだ。親父さんは早慶病院の島先生とは極めて親しい関係で、よく自宅に来るそうだ。そして藤井先生についても高い評価をしていた。もっともこれについては月曜日の彼からの電話で知ったんだけどね。彼が親父さんに聞いてくれたんだ。藤井先生は東大医学部の教え子で、いまでも東大の医科学研究所にはよく出入りしているようだ」。

「すごいじゃない！　最高の医師団と家族の愛情があれば、お姉ちゃんの手術、きっと上手く行くわよ」。

優美子がバックシートから明るい口調で言った。

病院に着くと麻衣子の会社の同僚が多数来ており、三塚達は一緒に麻衣子の病室に向かった。朝の七時半を少し回ったところで、麻衣子はすでに入浴を済ませて、藤井医師と事前の準備に入るところだった。

麻衣子の勤め先は葛西のアクアマリーンで、5月の連休は一日二万人を超える大賑わいが続いたという。六月の下旬は夏休み前ということもあり一服感がある。

同僚たちは寄せ書きを持ってきていた。

〝早く良くなってカヌーをしましょう〟〝元気になってフラメンコ旅行に行こうよ〟〝眼に見えないところの病だから、しっかり完治させてから、出てきてください〟〝元気な笑顔待ってます〟……。

色紙には思いやりに満ちた言葉がたくさん書かれていた。

「心配してくれてどうもありがとう。でもだいじょうぶ。藤井先生から手術自体は三時間で済むって言われているの。すぐに戻ってくるから」。

麻衣子は泣きそうになるのをこらえ、精一杯の笑顔を浮かべて、皆に両手でVサインを出してみせた。

「それでは麻酔室のほうに参りましょう」。

藤井は三塚一家達に軽く会釈をしてから、麻衣子と一緒に病室を後にした。

美穂子は麻衣子の同僚メンバーに感謝の挨拶を述べて、麻酔室のフロアーに優美子と一緒に向かった。

三塚は午前中の会議が十時から始まるので、病院には昼過ぎに戻ることにして新宿の社に向かった。病院の了解をもらって、車は駐車場に置いていくことにした。中央線の車中でも娘のことが頭から離れない。

席に着くと部下の佐々木が待っていた。

「三塚さん、今日はお嬢さんの手術の日ですよね。いかがなんですか？」。

佐々木が心配顔で三塚に聞いた。

「うん。今から全身麻酔をして心臓の手術を受ける予定だ。僕も午前の会議を終えたら、申し訳ないが病院に戻るつもりだ」。

「解りました。今日の当部からの議案は二件です。一件目はブラジルの天然ガス利用による、発電事業に関する投資案件です。もう一件は三塚さんが中心に進めている韓国プロジェクトの中間報告と今後の展開についての審議です」。

「ありがとう。それでは部会に行ってくるよ」。

三塚は資料を小脇に抱えて、二六階の会議室に向かった。

会議室には担当専務の脇田を始め関係部の部長が、すでに所定の席に座っていた。

事務局から各議案についての説明があったが、いつもと審議の順番が違っており三塚が最初になっていた。事務局に三塚が事情を話していたので、配慮してくれたらしい。

「それでは第一議案についてご審議いただきます」。

三塚は資料に従って要点を説明した。

「ブラジルは電力事情が逼迫しておりますが、水力発電の開発は自然破壊の恐れがあり、厳しく制限されております。そこで国営の石油・天然ガス公社からガス火力発電の開発に協力依頼が来ております。しかし、我が社は南米に事務所を構えておりませんので、参加するとしてもどこかとアライアンスを組む必要が出てまいります」。

三塚はブラジルのガス開発の状況と、パイプラインおよび発電所のサイトと大口ユーザーのプロット図面を配布して説明を続けた。

「以上、ご説明いたしましたが、私としましてはパイプラインの敷設計画のグランドデザインが曖昧な点が気になることと、事業リスクが大きすぎるという観点から慎重に対処すべきと考えます」。

ひととおりの説明を終えて、質疑が始まった。

脇田専務がいくつかの質問をしたが、基本的には三塚の考えに近かった。

「南米のプロジェクトはブラジル、アルゼンチン、チリをはじめペルーなど政治的にリスクがある。とくに通貨危機などの経済的なリスクとテロのリスクに対して当社は経験がほとんどない。それに一カ月以内に当社のスタンスを決めろというのは無理があるんじゃないか?」。

他の部長もほぼ同じ考えだったので、三塚も本件には参画しないことで先方に返事をすることにした。

「次の審議事項であります〝韓牛カルビ活性化プロジェクト〟ですが、本件はこれまで二回の中間報告をしてまいりました。スケジュールは予定よりも一カ月ほど前倒しになり、十月の初めには商業運転開始の予定です。

先週、コリアン街の協力で作った飼料サンプルの韓牛へのテスト結果も、先方の酪農家にヒヤリングした限りでは良好です。今後の委員会の最終報告を待つことになりますが、期待できると思います。そして韓国サイドも、事業系のゴミの分別を徹底させるためのルールを精力的に整備いたしましたので、プラントの操業リスクは低減できると考えます」。

本件については部会で何度も議論してきたこともあり、特段の疑問点は出なかったが、プロジェクト規模に関する質問がいくつかなされた。

「デイリーの処理量が三十トンというのは小さくはないのですか?」。

「確かにおっしゃるとおりかもしれません。本当は一〇〇トンに上げたいところですが、日本でのテスト規模が三〇〇キロですので、サンプル飼料の量的な制約もあり一〇〇倍のスケールアップが今回、適当と判断しました。しかし、三十トンが上手く立ち上がれば、一〇〇トン規模に範囲を広げることは容易だと考えます」。

本件については全員一致で、今後の進め方が了承された。

後の議題はイベントの内容と部門別の売上高と営業利益に関する前月報告であり、三塚の部門収支は二年前に立ち上げた戦略事業が大きく貢献してトップになっていた。


部会が終わり、三塚が席に戻ろうとしていたところに、脇田専務が寄って来た。

「佐々木君からお嬢さんが手術することを聞いたよ。今日だっていうじゃないか」。

「はい、どうもご心配かけまして。今、ちょうど手術中だと思います」。

「午後の予定はどうなっているのかね。どうしてもということでなければ病院に行った方がいいのではないかね」。

脇田専務は心配そうに言った。

「朝、ちょっと顔を出してきました。会議も終わりましたので、これからまた行かせていただきます。ご心配ありがとうございました」。

三塚は脇田に例を言って自分の席に戻り、佐々木に後のことを頼んで社を出た。

病院に戻ると、美穂子と優美子、そして麻衣子の同僚も何人か残っていた。

時計を見ると一時を少し回っている。九時に麻酔が始まってから四時間が経過していた。

皆、無言のまま心配そうに手術室の廊下の長いすに座っている。

「ちょっと、時間がかかっているようだね」。

三塚が話しかけると、優美子は黙って肯いた。

食事の時間も過ぎていたが席を外すわけにもいかず、手術の終わるのをひたすら待った。三時近くになって手術室の入り口の赤いライトが消えた。

（終わったのか）

皆がみつめる中、麻衣子を乗せた移動式のベッドが運び出されて、こちらに向かってきた。麻酔のためか、長丁場の手術の疲れのためか、本人は眼をつむっている。鼻や胸部にさまざまなチューブが取り付けられて痛々しい。ベッドは術後室に運ばれて、そこで一両日様子をみることになるようだった。

しばらくすると、島教授と藤井が三塚のところにやってきて、麻衣子の状況を説明するというので、一家はそろって教授室に入った。島教授とは初めてなので三塚は挨拶をかわし、礼を述べた。

「手術の時間が予想以上にかかり、ご心配をおかけしましたが、手術は無事終了しました」。

島が今回の手術の概要についてパネルで説明を始めた。

「従来の心臓手術は、胸の中心にある胸骨を縦に完全に切って、人工心肺装置による体外循環を確立した上で、心臓機能を停止して病変を治療するのが常識でした。しかし、技術は各段に進歩し、今回も胸骨をあけずに人工心肺による手術方法を使いました。少しでも患者さんの負担を軽減することで従来の方法より合併症のリスクを減らし、社会復帰を早めることが期待できるわけです」。

島教授は何枚もの心臓パネルをもとに、手術の順序、人工心肺のつなぎの方法、切除した病変部位の大きさ、合併症の危険性、術後のリハビリ内容とスケジュール等を三塚達に解り易く説明した。

「麻衣子さんの切除した弁の部位をご覧になりますか?」。

藤井が部位の入れられたシャーレを部屋に運んできたが、美穂子も優美子も見たくないという。三塚だけが確認したが小さな部位であった。

「今日の手術に関するご説明は以上です。なにかご質問、ご意見があればどうぞ」。

島はひととおりの状況を話して、運んであったアイスコーヒーを飲んだ。

「今後、注意しなければならない点はなんなのでしょうか? 機能が回復しないという可能性はあるのでしょうか?」。

三塚は言葉を吟味しつつ教授の反応をうかがった。

「まず、ご本人の体力回復が第一です。そして手術した心臓が原因で、他の機能に悪影響、つまり合併症を起こさないように私どもも最善を尽くします。機能回復についてはあらゆるデータでトレースしていきますが、まず問題ないと思います。ただし、麻衣子さんのメンタルな部分については、ご家族に充分フォローしていって頂きたいと思います」。

「と申しますと?」。

美穂子が不安げに島に聞いた。

「多くの患者さんは術後の回復でからだの健康は取り戻せますが、精神的なストレスを抱えるケースがあります。つまり心臓病という烙印をおされて、精神的にもトラウマを負ってしまう傾向があるのです。ですから私ども医師、看護婦は勿論ですが、家族の勇気付けや支えが必要なのです。私どもは単に病気を治すというだけではなく、患者本人が身の回りの活動から社会復帰まで、自信を持ってすすんでゆくことのお手伝いが大事な仕事だと考えております」。

「本当に有難うございます。家族としても麻衣子が精神的にも肉体的にも積極性を取り戻し、これまで以上の生活が送れるように努力いたします」。

三塚達は医師達に礼を述べて、病院を出た。

一家はいったん家に戻ることにした。帰途、あまり食欲はなかったが、四谷のレストランに寄って遅い昼食を食べることにした。その店は四谷三丁目の交差点を消防署側に曲がったところにあり、外見は目立たないが、煉瓦風の造りでなかなか気の利いた料理を出すレストランだった。いつもは家族四人で来るのだが、今日は三人だ。車を駐車場に止めて店に入った。

店内はボックステーブルの配置してあるラウンジと上品な木目のテーブルがセパレートされて

いるが、家族はボックステーブルに座った。

ウエートレスがお絞りとメニューを持ってきたので、おのおの料理をオーダーした。

美穂子は早朝からの緊張の連続からか、疲労の色が隠せない。

「お姉ちゃんは藤井先生に全幅の信頼をおいているって言ってたわ」。

優美子はこのところ、病院に連日足を運んでいて、姉と藤井との会話に加わっていたので、その感触を両親に話した。

「そうか。それじゃ手術も不安感はなかったんだろうな」。

「でも、本当に機能が回復するか心配だわ」。

「お姉ちゃんは私に藤井先生のことを嬉しそうに話すの。医者と患者というよりも仲の良い友達みたい」。

「そうね。医者と患者の間に信頼感ができるのは大切なことね。さっき島先生が言っていたように術後の精神面でのケアーも藤井先生が親身になってくれると思うわ」。

「そうだね」。

三塚は麻衣子がもう麻酔から覚めたのだろうかと思いながら注文したコーヒーを口に運んだ。

そして食事を終え、家にたどり着いたときは三人ともくたくただったが、とにかく永い一日が終わった。

術後、家族は交代で病院に行き、麻衣子の様子を見つつ身の回りの世話を続けていたが、麻衣子の回復は予想以上であった。三週間ほど経ったある日、予定通りの機能回復診断が行われ、その結果について説明したい、と島教授から連絡があった。

その日は、梅雨明け宣言は未だ気象庁から発表されていないが、朝から真夏並のうだるような暑さだった。三人で麻衣子を見舞い、その後、先日の島の教授室に入った。

教授は大学での講義を終えて戻ってきたばかりだった。背広を脱いで白衣に着替えてから皆に座るようにすすめ、ホワイトボードを背にして自らも席についた。隣には藤井と看護婦長が座った。

「藤井医師から何度か経過についてはご家族ならびに麻衣子さんにご説明しておりますが、術後、三週間が経過いたしましたので今日は私からお話しします」。

島教授はうっすらと額に汗をかきながら、それをハンカチで拭って話し始めた。

「ご案内のとおり、麻衣子さんは術後、しばらくは不安定な状態が続きましたが、一週間を過ぎてからは安定期に入ったと判断されます。術後早期までは感染や腎障害、脳障害などの余病が起こりやすい時期でもあります。病院としても術後は観察室と呼ばれる特別の部屋で治療をいたしました。藤井医師と看護婦が、心電図、血圧、脈拍、呼吸、出血量、尿量など、たえず変化する病状を注意ぶかく観葉してまいりました」。

島はそう説明すると、ホワイトボードに掲示した諸データを指差した。

そこには麻衣子のあらゆる時系列の検査データが示されていた。

「ここ二週間ほどの検査データは非常に安定しており、同年代の健康な女性のデータと比べてもそれほどの乖離はありません」。

なるほど、隣に並べた健康な女性とのデータと麻衣子のとはほとんど差がないな、と三塚は思った。

「そこで、今日から一般病室に移っていただいてよろしいかと思います。術前に入った病室ですから、入室者も顔見知りですよ」。

その一言が三塚達にとって嬉しかった。

さらに島は話を続けた。

「観察室から一般病室に移りますが、完全に安心ということはありません。思いもかけない異変が起こることもありますので、私達はあらゆる危険にいつでも対処できる体制で、最善の治療をしてまいります」。

「ありがとうございます。心配していたのですが、順調に回復しているとのお話を伺いまして安心いたしました。

美穂子が立って深々とお礼を言った。

「手術の跡はどうなんでしょうか?」。

麻衣子は年頃の娘でもあり、三塚は胸部の外見が気になった。

「その点は昔と違って、三カ月も経てばほとんど解らない状態になります。細い一本の線のようになり、やがて見た目では解らないようになりますのでご安心ください」。

「それから今ということではないのですが、子供を産むことについては問題はないのでしょうか?」

「手術と出産は、直接関係はないと考えます。でも、半年に一回程度の定期検診はしたほうがよろしいと思いますね。たしかお勤めは葛西の方でしたね」。

「はい、麻衣子は葛西のアクアマリーンに勤めております」。

「それは好都合ですね。葛西の早慶病院がありますので、そちらで検診を受けられたらよろしいかと思います。

あちらは周辺がよく整備されてますし、病院の施設環境もいいですよ。病院の屋上からはディズニーランドの花火も見えますからね」。

島は縁なしの眼鏡を外してレンズを拭きながら言った。

三塚達は礼を述べて病院を後にした。

その後、一般病室に移った麻衣子の経過は順調に回復し、術後二カ月弱で、見た目には以前と変らないようになった。

八月の暑い日の昼下がり、家族で麻衣子の病室に行くと、麻衣子は日課となっている軽い散歩に出ていて不在だった。美穂子は花瓶の花を取り替えるために給湯室に行った。優美子は家から用意してきた麻衣子の衣類や化粧道具をベッドの脇の引き出しにしまった。三塚はこういう時は本当に出番がなく、喫煙所に行って煙草を吸おうと思ったところに、麻衣子が散歩から戻ってきた。

「だいぶ待った？」。

麻衣子はスカートと半袖のTシャツ姿で、外見は病人には見えない。一時期、食欲がなくて体重がずいぶん減ったが、それもほぼ回復して元気そうだ。

「いや、少し前に来たんだ。ママは今、花を取り替えに行っている。それにしても散歩はどこまで行ってきたんだい？」。

少し心配になって三塚は尋ねた。

「この間までは松葉杖の助けを借りていたから、病院内での散歩だったの。でも藤井先生がなるたけ歩いた方がいいと言うから、一週間前から杖なしで歩くようにしているの。今日は病院の裏の方にある遊歩道を二往復してきたわ」。

麻衣子は日よけの傘を脇におくと、冷蔵庫からミネラルウオーターのボトルを取り出して飲んだ。額にはうっすらと、健康的な汗が浮かんでいる。

「お姉ちゃん、化粧品や衣類は新しいのを引き出しに入れておいたから」。

優美子が声をかけた。

「ありがとう。家に持ち帰ってもらいたいものは紙袋に入れてあるから、帰るときに持っていってね」。

そこに美穂子が花瓶を持って戻ってきた。花瓶にはコスモスと鶏頭をベースに、クレマチス、そしてはまゆうの実がアレンジしてあり、ベッドの脇に置くとぐっと明るい雰囲気になった。

続いて半袖の白衣を着た藤井が肺ってきた。

「これは、皆さんお揃いですね。ここにもずいぶん長く通っていただきましたが、もう心配は要りません。麻衣子さんは外の空気にも慣れてきましたし、チェックした限りでは、データも標準値にほぼ近づいております。週末は二、三日自宅に戻ることも可能ですよ」。

皆の顔が明るくなった。

「皆様のお陰です。麻衣子もすっかり元気を取り戻しました。で、退院はいつ頃になるのでしょうか?」

三塚は自分でも性急なことだと思いながら、藤井に問いかけた。

「島教授とのミーティングが昨日ありまして、データの評価とご本人の回復状況を総合的に判定した結果、最短で言いますと今月の下旬には退院できると思います」。

あと二週間で退院できるという藤井の説明を聞いて、麻衣子はもちろんのこと、家族も一カ月半にわたる闘病生活に別れを告げることの満足感を共有するのだった。

その後、麻衣子の学生時代の仲間が見舞いに来たので、三塚達は礼を言って、部屋を出た。

そして八月末、麻衣子は自宅に戻ってきた。夜は家族そろって祝杯をあげた。

麻衣子は美穂子の手料理に舌鼓を打ちながら、前日に藤井の運転で千葉の海浜にドライブに出かけたことを話した。

「来月から藤井先生は転勤で葛西の病院に行くんですって。だから引き続き定期的に見てもらえるの」。

「へぇー。藤井先生はまるでお姉ちゃんのお抱え医者みたいね。でも最高じゃない？」。

優美子は久しぶりの親子四人の団欒ではしゃいでいた。

「そんなこともないと思うけど。でも私の病気のことを、一番良く知っている主治医が担当してくれるなんてラッキーだわ」。

「でも本当に良かったわ。お姉ちゃんもあれだけ苦しんだんだから、これからは幸福の女神が微笑んで来るわよ」。

美穂子は元気になった麻衣子のとなりに座って、めずらしくビールをグラス半分ほど飲みながら言った。

麻衣子は来月の半ばから葛西の仕事場に出勤する予定だが、最初はフルタイムというわけにはいかない。会社に連絡して自分のスケジュールを伝えた。

「この一週間は、リハビリがてら、お見舞いに来てくれた人や、友達とも会って、元気になった姿を見てもらおうと思ってるの。それから基礎体力をつけて、仕事で迷惑がかからないようにするわ」。

その後、麻衣子は近くの武道館で自分なりのスポーツカリキュラムを作り、午前中はそこで汗を流し、午後は人と会うという毎日が続いた。

そんな麻衣子を見ながら三塚は、家族に心配がなくなったことに、心からホッとした。そしてまた、自分のエネルギーのベクトルが、速度をつけて仕事に向いていくのを感じていた。

第九章　スキャンダル

麻衣子が入院中のこの八月半ば、具女史から三塚の携帯に連絡が入った。三塚は三国重工の中村常務との打ち合わせのため、タクシーで移動中であった。

「もしもし具ですが。三塚さん？　今よろしいですか？」。

「はい、だいじょうぶです。具先生なにかありましたか？」。

「実はソウル市議会で、野党のカンナラ党から市長並びに私に対して、レインボープロジェクトの件で日本の企業からお金が流れている、という疑惑が提起されております」。

「そんな馬鹿な。なんの根拠があってそんなことを言っているのですか？」。

三塚は度肝を抜かれ、思わず大きな声で聞き返した。

「詳しいことはまだ解らないのですが、ＩＭＦ経済体制という国家の危機なのに、外資に仕事を発注するなどというのはなにか裏があるはずだ、ということのようです。これはどうもカンナラ党を支援している未来重工が画策しているようです」。

具女史は簡潔に説明した。

「そうですか。実はこれから三国重工で会議がありますので、中村常務とも話しをしてみます。事と次第によってはソウルに参ります」。

具女史はホッとしたようだった。

「私は十八日か十九日ならば時間を空けられます。市長とも相談しまして時間をお知らせします」。

「解りました。それでは」。

三塚はそう言って電話を切った。

（なんということだ。来月のセレモニーを前にして、でっちあげのスキャンダルが市議会で論戦になっているとは）。

午前九時前に丸の内の三国重工に着くと、受付け嬢に来訪の主旨を告げた。

二四階の会議室に通されると、北川と中村常務がすでに三塚を待っていた。

挨拶もそこそこに三塚は具女史からの話を二人に伝えた。

「三塚さん、実は三友物産の石川支店長からも今朝方、ファックスが届いておりまして、北川とも話していたところなんです。これがその資料です」。

そう言って中村がファックスのコピーを三塚に手渡した。

見ると具女史が三塚に話したことと同様のことが書いてあったが、さらに金大統領の次男が財閥系の数社から多額の謝礼や贈与を受けていたことが発覚し、金大統領の政治資金との関係や北朝鮮とのビジネススキャンダルへと発展しつつあることが付け加えられていた。

「具女史は金大統領とも近い関係にありますし、野党側が大統領を追い落とす道具に利用されているような臭いがしますね」。

三塚のその言葉に、中村も意を得たりといった面もちで答えた。

「私達は市長にも具女史にも一切、請託などしていませんし、三友物産にも確認したのですが、石川さんは言下に否定しました。ですから早晩、疑惑は晴れると信じてます」。

「具女史は今月の十八、十九日は時間が取れると言ってましたが、市長とも事前に意見集約した上で連絡するということでした」。

「解りました」。

そしてこの話はそこで打ち切り、九月の試運転計画、セレモニーの各社の役割、資金状況等最後のすり合わせを行って会議を終えた。

三塚が社に戻ると、さっそく具女史からファックスが届いていた。さすがに具女史の対応は早い。ファックスには、市長並びに韓牛カルビ活性化委員会の口座に、一億ウォンが振り込まれていたことが、スイスの銀行から確認できているらしい、とある。日付は八月十二日で、差出人はプロジェクトのSPCであるレインボーとなっている、ということであった。具女史は委員会からの連絡で初めて知ったらしい。

三塚は部下の佐々木を呼んで今後の対応策を詰めることにした。

それにしても、三社とも確認した限り、そんな事実はない。しかも今回のプロジェクトは、競争入札方式をソウル市から委託を受けた活性化委員会が行い、三塚達のSPCに決まったものだ。この時未来重工も応札したが、過去の失敗事例に鑑み、落札できなかったというだけのことだ。手続き上、なんらおかしなことはない。

「三塚さん、これはもっと大きな事件の中に紛れ込ませた、枝葉のエセ事件ではないでしょうか。未来重工や三月建設等は、金大中大統領の次男に二十億ウォンを渡したと言われていますよ」。

佐々木はそう言った。

「レインボーの名前を使ったのは未来重工かもしれない。こちらとすればこうしたスキャンダルがあると、さらに全国展開するときに非常に不利な状態になるからな」。

具女史のファックスには、いわれのないお金については、振込み人が判明するまで拾得物として警察かどこかしかるべきセクションに届け出ることにした、と書いてあった。

翌日ソウル市長並びに活性化委員会に、三社連名の文書で、事実無根であるとともに事件解明を要望することを伝えた。


三社は日程調整を行い十七日の夜便でソウルに飛んだ。

翌日午前九時半に三塚、中村そして石川が活性化委員会の事務所に出向いた。そこには具女史と委員会の韓常務、通訳の全がすでに待っていた。

「皆さん、夏の一番暑い日にわざわざソウルまで来ていただき感謝いたします。先日、判っている範囲でお報せしたのですが、その後さらにいろいろなことが判ってきましたので、韓常務からご説明します」。

具女史が切り出した。

「お願いいたします。まったく突然、降って沸いた話なので、キツネにつままれたような気分です」。

三塚は女史達に訴えた。

「スイスの銀行からは守秘義務を盾にして、どこの国の銀行から振り込まれたかは明らかにできないとの返事でした。

また今、未来重工が大統領の次男に活動費の名目で十億ウォンを贈ったことが明らかになり、最高検察庁が申告漏れと租税脱税容疑で次男を起訴しております。当然、未来重工にも検察が入っておりますので、本件も事実が判るのではないかと思います。いずれにしても私達は潔白ですのでご心配には及びません」。

具女史はきっぱりと言った。

「我々、日本側では検察の捜査に期待するしかありませんが、日本のメディアや政府でも、日韓関係に影響が出るのではと心配しております」。

中村常務が女史に言った。

「少し経済事情が改善してきたとはいえ、失業率も高いし、いまだGDPもマイナスということもあり、国民感情としてはすぐに火がつく怖れもあります。しかし本件については、私も市長もソウル市議会での証人発言もしておりますし、テレビの番組にも出演して事実無根を訴えております」。

「解りました」。

「来月のセレモニーに向けて、全力投球する所存ですのでご支援のほど、よろしくお願い致します」。

そして具女史はここで話を切り替えて、三塚に尋ねた。

「ところで三塚さん、プロジェクトでの懸念材料はありませんか？ 気になることがあるようでしたら、なんなりとおっしゃって下さい」。

その言葉には、今回の件を含め、威信にかけても成功させたいという気持ちが込められていた。

「韓国ではBSE問題が発生していませんが、食肉市場からの残さは焼却ルートに乗せることを徹底していただきたいと思います。また、BSEの発生国からの肉骨粉飼料は輸入禁止の措置を取ってください」。

三塚は気になっていたことを述べた。

「それについてはすでに農水省に申し入れておりますし、ヨーロッパの発生国や、アメリカからの肉骨粉については日本と同様に輸入をストップしております」。

「農家の方々は、今回のプロジェクトについてどんな感触をもっているのでしょうか？」。

三塚は秘かに、肥料の購入を希望しているのではないかと思って聞いてみた。

「農家の肥料手当てですが、郊外や地方が主体ですので、ローカルで完結するリサイクルを普及させております。そして、それなりの効果が上がってます」。

韓常務は書類棚から図面を取り出し、ソウル市近郊農家の配置とリサイクルの現状、並びに計画のプロットをテーブルに広げて見せた。

「これは日本よりも進んでいますね。国内メーカーのプラントが多いのですか？」。

三塚は驚いた。

「三友物産としても国内のプラントメーカーと提携して小規模のリサイクルプラントを収めております。主に地域の農協みたいな組合に販売してます」。

石川がそう答えた。肥料に関してはあまり出番はなさそうだった。

話が一段落したところで、呉社長が加わった。

「次に出資割合と秘密保持協定について合意をしておきたいと思います」。

そう言って、中村常務が用意してきたペーパーをメンバーに配布した。

「リスクを一番とらなければならないのは三国重工ですので、出資比率は四〇％、三友物産と大国エネルギー、そしてソウル食物公社がそれぞれ二〇％ということでいかがでしょうか」。

中村が呉社長に説明する。

「事前にお話を伺っていましたので公社として異存はありません。それから秘密保持の件ですが、公社は技術やノウハウを第三者に開示しないことを契約に盛り込めばよろしいのでしょうか」。

呉社長は尋ねた。

「その点に加えて、今後の水平展開するときに、食物公社さんが第三者と同じプロセスで提携することを禁止する条項も含まれます」。

三塚は呉社長に言った。

呉社長は同意の意思を示した。

その後、これまでのデモンストレーションの最終報告と改善点について三塚から説明したが、国内で解決した点が中心になった。

その一つは、テストで収集したものは家庭からの生ごみに比べて脂肪の含有率が高く、このまま韓牛に飼料として投与し続けると肉の品質が落ちてしまうために、プロセスに脱脂工程を付加したことである。確かに前回、三塚がソウル郊外の酪農家を視察したとき牛の体重が増えていると聞いたが、霜降り状態を最適化するにはこの工程が必要であった。

二つめは、より蛋白成分の比率を上げるためには、魚市場からの加工残さ等を混入することが経済的にも品質的にも得策ということが判明したことであった。

三塚は具女史にこの点について、今から魚市場を対象に加えてもらえないかと言った。

「解りました。南大門の近くに大きな魚市場がありますので、早速、市場長に連絡を取ってみます。もし同意すれば間に合うのですか？」。

「来月のセレモニーには間に合いませんので、蛋白質の調整には他の飼料とのブレンドで対応します。また、魚介類の中にははらわたに水銀やバナジュームなどの重金属を含んだものもありますので前処理が必要となります。従って、半年ぐらいの期間がかかると考えます」。

中村常務が答えた。

「最後に上野のケースと違い、こちらでは骨付きカルビの比率が高いので、骨が完全に飼料化成分に分解するのに、十日間ほど日数がかかると予想されます」。

「それは用地が大きくなるということですか？」。

「そうです。一日に一メートルずつ工程が進んで行き、三五日で完全な飼料になると想定していましたが、さらに長さ方向として十メートルほど広げる必要があります」。

「蘭芝島《ナンジドウ》のプラントヤードは、たっぷりと用地がありますので問題はないと思います。その線で進めてください」。

呉女子は自分の手帳に要点を書きとめてから、にっこりとして皆に会釈をした。

「スキャンダルは私が責任を持って解決します。いよいよ来月にはレインボープロジェクトが動き出します。よろしくお願いしますよ。

それでは散会にしましょう」。

第十章　セレモニー

九月に入ってから三国重工の北川部長との連絡が頻繁になった。

ソウルの建設現場に常駐しているのは北川、土方を始め三国重工だけで三人、そして現地のゼネコンや下請けなど八十人が作業に従事している。また、回収ボックスの設置工事の方も同時に行われていたが、集中監視室は飼料化プラントサイト脇に完成した。今は回収ボックスのデータ電送チェックをテストしている。ここは以前、ゴミがうずたかく積み上げられていた蘭芝島《ナンジドウ》河口である。具女史を始め韓国サイドの勧めもあり、飼料化プラントと集中監視室はここに建設したのだった。

ごみの山は艀で運び出し、ソウル市内及び郊外の焼却場で処理されていて、半分程度に減っていた。あと半年で処理が終わるという。

そしてソウル市の明洞《ミョンドン》、慶南《キョンナム》を始め、仁川《インチョン》を含む一五のサイトにサテライトボックスを設置して、一日三〇トンの生ごみをタンクローリー車で蘭芝島の飼料化プラントサイトに運び込む。明日から試運転が始まる。この日、視察に来ていた三塚は、具女史の事務所に向かった。女史の事務所は三週間前に、以前の場所から甥の呉社長が経営しているソウル食物公社の四階に移転していた。なんでも易者に見てもらったところ、風水的に変えた方がよいとのアドバイスがあったという。

事務所に入るといきなり、二〇〇二年のワールドサッカーの日韓共催を歓迎するポスターが張ってあるのが眼に入ってきた。奥では、具女史と呉社長がソファに座って話をしている。三塚が四時に訪問することを電話で知らせていたので具女史が呉を呼んだのだろう。二人が三塚に気が付いて立ち上がった。

「三塚さんようこそ。飼料化の現地を見てきたんですってね。いかがでしたか?」。

具女史は三塚のほうに近づいて、両手を差し出して三塚の手を柔らかく握った。

「お久しぶりです。先ほどまで、蘭芝島のプラントの試運転とコントロールセンターの調整を見ていましたが、三国重工のメンバーの話では二週間の調整で、バグはほとんど取り除いたということでした。また、サテライトボックスも一五のサイトに設置済みで、取り付けたセンサーの電送試験も終わっております。スタッフも明後日のオープニングセレモニーが待ち遠しいと言ってました」。

三塚はやや興奮して、そう言った。

「それは嬉しいことですね。テープカットには韓国側として私のほかソウルカルビ活性化委員会の韓常務理事、趙淳市長が出席します。日本側はどなたが？」。

「はい、三国重工の新井社長、三友物産の吉岡専務と私になります。もっとも式典にはいつもお目にかかっているメンバーも多数出席する予定です。そして良雄さんも明日、駆けつける予定です」。

「良雄からは私にも電話があり、明日の十時にこちらに来ると言ってました。

そういえば三塚さん、こんな時間になってしまってますが食事はまだなんじゃないですか？

よろしければ呉と一緒に食べに行きませんか。私たちも食事を取りそこねてしまって。今回のプロジェクトに協力を申し出たデパートの地下にレストランがあるの」。

具女史が三塚を誘った。

「ありがとうございます。お供させてください」。

多忙のあまり三塚は食事を摂ることも忘れていた。言われてみれば、かなりの空腹感だった。

視察も兼ねているとはいえ、ありがたい申し出に喜んで乗ることにした。

三人で階下で待っていると、女史の運転手が事務所の前に車を寄せた。現代重工が今年の春に発売したセダンのニューモデルだ。韓国では外車に対する関税率が非常に高いため、日本の車はほとんど走っていない。

運転手が降りてドアを開けた。女史にすすめられるままに三塚は後部座席に腰を降ろした。女史の好みなのか車内にラベンダーの香りが漂う。

「具先生、この車は現代のニューモデルですね。

実は上野コリアン街の李徳寿さんがセダンを購入しまして、先日乗せてもらったんですよ。いい車ですよね」。

「現在の副社長と懇意にしているのですが、安くしてくれるというので先月購入したのです。今は韓国でも、色の指定を始め様々なオプションを希望すると、コンピューターでオーダーメードできるんですよ。いわゆるマイオリジナルカーというんでしょうか」。

「そうですね。ＩＴ時代はマスプロから個性化のトレンドに向かっているんですね。そして商品はマイグッズになり、差別化が進んでいきます。果たして、環境面でいいかどうかは判りませんが」。

今、韓国でも日本と同じように廃棄物の最終処分場が逼迫しており、政府では廃棄物のリサイクル、リユース、リデュースといった三Ｒ運動が展開されている。

車はオリンピック大路を韓江《ハンガン》沿いに西に走った。市民公園を抜けて、汝矣島《ヨイド》公園の手前を左に曲がったところにロッテデパートの支店がある。その前に車を止めて具女史はデパートに隣接するアネックスに入った。一階は衣類や輸入物雑貨や宝飾類の店が並んでいる。入り口の左側にある螺旋階段を降りると飲食店街になっていて、そのうちの一軒の韓国料理屋に三人は入った。

ちなみにここの飲食店と、デパートの食料品売り場のバックヤードから出る生ごみは一日約一トンと見込まれている。アネックスの地下の一角に回収ボックスが設置されていた。ボックスの容量が三トンなので、三日に一回タンクローリーで液状化した生ごみを回収して、蘭芝島の飼料化プラントへ運搬している。

店の主人が具女史のところに来て挨拶をした。具女史が主人に三塚を紹介した。

「はじめまして三塚と申します。カルビ活性化のお手伝いをさせてもらっております。ここでも、生ゴミの回収でご協力いただき感謝致します」。

三塚は至極ていねいに頭を下げた。主人は名刺を差し出した。

「私は李といいます。このお店は以前から具先生にご贔屓いただいてます。このたびはカルビ活性化のお話を先生から伺いまして、喜んで協力することにいたしました。もう、テストも十日ほど経ちますが、それほど手間もかかりませんし、ここの飲食店街だけでなく隣のデパートも夜間に生ゴミをボックスに投入しております」。

店の名前は「火風炉」と書いてある。鳥や牛肉を鉄串に通し、炭火の上で焼きながら、店自慢のたれを付けて、火と凪と炉という文字を抽象的に描いた器に入れて客に供するのが人気メニューになっている。食事の前に、厨房と裏のドアの向こうに設置した食品液状化ボックスのサイトを見ることにした。

李に案内してもらい厨房に入ると、真っ赤に燃えている炭火で鳥や肉が焼かれている。料理人がステンレスの串を器用に回している。厨房の奥に生ごみの投入口があり、そこに入れるとボックスサイドで真空ポンプが起動して生ごみをボックスに吸引するが、同時に粉砕機で液状化される。ここのシステムは、ごみの投入を各テナントの厨房やバックヤードから直接できるのが特徴だ。液状化ボックスはライトブルーの塗装が施されていて、現場の計器とモニター画面が取り付けてある。今、液面は二トンのところを示していた。

「明日の夕方にタンクローリーが収集に来ます。ボックスのここがローリー車との接続口になっています。接続して押し出しポンプを起動させて、生ごみスラリーをローリーに積み込みます。またモニター画面では運転中の諸データーや故障表示が見られます」。

李はモニターの画面をいくつかディスプレイしてみせた。

「これまでトラブルはありましたか？」。

三塚は気になって尋ねてみた。

「うちではありませんが、デパートの食品売り場の方で誤って牛の加工残部位を入れてしまったことがありました。例の狂牛病対策で牛の加工残部位は入れてはいけないことになっております。それ以外は聞いておりません」。

「そうですか」。

三塚は胸をなで下ろした。

具女史は李に礼を言って、三塚、呉と一緒にテーブルに戻った。お絞りで手を拭いている間に、火風炉名物の韓国風シシカバブーがテーブルに並んだ。

具女史が三塚にビールを注ぎながら話しかけた。

「さっき、私の事務所の入り口に日韓共催のワールドサッカーを歓迎するポスターがあったでしょう」。

そして遠くを見るような目をして続けた。

「あれは四年前のことでした。当時、日韓関係は竹島の領有権などをめぐり険悪でした」。

「私も当時、韓国のエネルギービジネスでよく来ていたので覚えています。W杯も日本単独開催となれば、韓国の世論は黙っていなかったでしょうね」。

三塚はあの頃の、ぎすぎすした市民感情がW杯で一気に沸騰して、そこここで口汚い言葉を浴びせられたのを思い出した。

「そうですね。でも共倒れになったらお互いを非難しあったに違いありません。当時、日韓ともに共催は自国内で不評だったのですけれど」。

「いったい、どちらが仕掛けたのですか」。

「金前大統領と以前お目にかかった時伺ったのですが、これを仕掛けたのは日本の竹下元首相だったそうです。日韓議員連盟の実力者だった竹下氏が、韓国の政界人たちと綿密に打ち合わせていたそうです」。

そのことは三塚も知らなかった。

「そうですか。竹下元総理は根回しの達人だとよく言われてましたから」。

当時、冷戦が終わってロシアの存在感は低下していた。中国は社会主義自由経済というスローガンのもとで地域大国としてその存在感を高め、民主化を進める台湾に対する恫喝的な圧力をかけていた。中台の二国間関係は緊張の一途をたどりつつあった。北朝鮮の核疑惑は依然くすぶり、韓国、日本に対する安全保障の脅威は増幅していた時期でもあった。米国は日米、米韓の二国間の安全保障政策を基本としていたので、日韓がこじれた関係になるのはどうしても避けたかった。

米国が竹下氏に暗示をかけたのかどうかは知るよしもないが、竹下氏が旧知の韓国人脈は、金元大統領とは敵対関係にあったと言われる。ここから類推するに、W杯誘致はポスト金を睨んだ極めて政治色の濃い運動だったのではないかと思われた。

しかしこれからはW杯が、日韓の距離的関係だけでなく、人的関係をも近くして、成熟した付き合いができると三塚は思った。

「三塚さん火風炉の名物料理は熱いうちに食べるのが美味しいんですよ」。

三塚が考え込んでいるのを見て、呉がうながした。

「ああ、すいません。つい当時のことが頭をよぎったものですから」。

三塚は料理を口に運んだ。

「明後日のセレモニーですが、ソウル市長も出席することになりました。市長には祝辞をいただく予定です。日本側はスピーチされますか」。

「こちらのメンバーは皆、企業人ばかりなのでスピーチは考えておりません。ただし、現場のパネルで参加者に対する説明はすることになっています。」

三人は食事を済ませ、女史の車で再び飼料化プラントのサイトに向かった。

サイトのある蘭芝島では全体で約八ヘクタールの用地の一区画が飼料化プラントで、残りの半分は今、処理中のごみの山となっている。具女史はこのエリアをゼロエミッションのエコタウンにする計画を進めるため、各界の有力者との協議を継続している。

ゼロエミッションとはその名の通り廃棄物を出さないことである。廃棄物の削減を進める一方、ある産業から出される廃棄物を他の原料として活用しながら、全体として地域の廃棄物をゼロにしてしまおうという構想で九四年に国連大学が提唱したものだ。日本でも通産省が、ゼロエミッションを環境調和型の経済社会実現への基本と位置づけて、他の省庁と連携しながら〝エコタウン事業〟を創設している。

蘭芝島のエコタウン計画は、現在までにペットボトル、ＯＡ機器、自動車、家電製品のリサイクル事業に財閥系の大手が名乗りを挙げている。この地域の住民もエコタウン計画に協力して、八種類に及ぶごみの分別も軌道に乗ってきた。その一角に飼料化施設が動き出していた。

「このエコタウン計画が上手くいけば、全国一五地域に展開したいと考えているんです」。具女史が、飼料化プラントの事務所に掲げてあるエコタウン計画の青写真を前に、三塚達に説明した。

「財閥系の大手企業が前向きに取り組むというのは心強いですね」。

「日本の方が先行してますが、韓国でも企業にとって環境問題に真剣に取り組まないとビジネスの面でも苦しくなります。消費者も環境に優しい商品を購入するとか、環境への取り組みに欠けるような企業は敬遠する方向です。また自治体などもグリーン購入制度を導入しているところが増えておりまして、環境への負荷が小さいものを優先して購入するとか、補助金を出したりしています」。

皆はプラントの施設を改めて揃って見学し、明後日のセレモニーの準備の状況を事務方に確認して戻ることにした。

（いよいよセレモニーだ。これからの全国展開の先駆けになるんだ）。

三塚は心の中で呟いた。


セレモニー当日は朝から青空が広がっていたが、残暑が厳しい。セレモニー会場はエアコンが装備されているので問題ないが、屋外の施設見学は暑そうだった。

三塚達はホテルからタクシーを拾って会場に向かった。

会場には大テントが設営されて、入り口の両側にフラワーポットが綺麗にアレンジされている。三塚と良雄が会場に入ると、三国重工の荒井社長を始め中村常務や三友物産の吉岡専務やソウルの石川支店長の姿が見えた。

三塚は初対面の荒井社長に挨拶をした。

「はじめまして。大国エネルギーの三塚です」。

「あなたのご活躍は中村からも聞いております。このたびのプロジェクトは三塚さんなしには成り立ちませんでした。本当に感謝いたします」。

荒井社長が三塚に手を差し伸べた。

「とんでもないことです。今回の成功は具女史を始め、韓国サイドの努力と、隣におります上野コリアン街の具氏達の協力と、御社や三友物産のお力添えの賜物です」。

歓談しているところに、具女史が趙市長と一緒に顔を見せた。

「皆さん、市長をご紹介します。市長は、九五年六月に行われた三五年ぶりの首長選挙で当選したソウルの初代市長です」。

皆は市長との名刺交換をして、招待を受けたことの礼を述べた。

「飼料化プロジェクトの完成までに、どれほどの苦労があったかは具先生から伺ってます。このエリアはエコタウン事業を構想しておりますが、その先鞭をつける事業ですし、日韓の共同の成果として歴史的なものだといえます」。

市長はかねてから〝市民本位、人間中心の行政〟を市政理念として掲げ、その施策のひとつが〝自然と人間が調和する緑と環境のソウル〟の実現であった。

式典の時間が迫ってきたので、挨拶する市長とテープカットの参加者は会場の入り口に戻った。

進行係の女性が開会のアナウンスとVIPメンバーの紹介をしていく。

市長を始めとする韓国側のメンバー紹介の後に、三塚も紹介された。

「次の方は大国エネルギーの海外営業部長であります三塚拓也氏です。この度はプロジェクトの総合プロデューサーというお立場で大活躍をいただきました」。

三塚は過分な紹介をされて照れたが、これは具女史のアドバイスがあってのものだろう。

趙市長が挨拶のために真ん中のマイクの所に進む。濃紺のダブルのスーツに身を包んだ市長は、右手にマイクを持ちながら野太い声で挨拶を始めた。

「今日の記念すべき日にかくも大勢の方々にご出席いただき、ソウル市長として深く感謝申しあげます。

皆様、二一世紀はすぐそばまで来ておりますが、二一世紀は環境の世紀と言われております。環境の世紀という場合私達は、これ以上地球環境を悪化させずに、すでに破壊された環境は修復し、人々が安心、安全に暮らせる持続可能な地球を取り戻すために最大限の努力をしなければならない世紀、という意味で使っています。この解釈にはふたつの事柄が含まれています」。

三塚は市長の挨拶を聞きながら、市長のブレインと言われる企画担当副市長が挨拶のシナリオを書いたのだろうと想像した。副市長とは今回のプロジェクトを進める上で、レストランやスーパー、ホテルなどの生ごみの排出者に対するガイドラインを作るので何回か打合せをしてきた。

市長の挨拶が続く。

「そのひとつは二十世紀が環境破壊の世紀であったことです。人々に物的豊かさをもたらした二十世紀は、その代償として地球環境を過去のどの世紀よりも悪化させてしまった世紀であったという事実です。

もうひとつは二十世紀の環境破壊を二一世紀まで持ち込むと、人類の生存条件が奪われかねない、深刻な破局現象が発生してくる可能性が大きいという事実であり、その流れを遮断するために今世紀は環境への配慮を何よりも優先しなければならない世紀であるということです」。

具女史が後ろから三塚の肩を軽く突ついて、ささやいた。

「趙市長はソウルを世界でも先端的な都市にしたいと奮闘しています。開発中心から市民一人ひとりに視点をおいた、安全・環境・交通・福祉・文化・国際交流など、七つの分野にわたる総合的な施策展開が図られています。私も及ばずながら応援しているのです」。

たしかに、数年前からソウルの町そのものが変貌しているのがよく判る。

ソウル市は国土全体の〇・六％の狭いところに一〇〇〇万人を超える人が住んでいる。それは韓国全人口のおよそ四分の一に相当する。しかしごみなども、五年前には焼却していたのはたったの〇・七％だった。それが一五％に増加しており、計画では三年後に四〇％にする目標を立てている。

市町の挨拶は続いた。

「このような時代背景の中で、エコタウン事業の先駆けとして生ごみの飼料化、肥料化、そしてバイオガスによる発電システムの完成は誠に喜ばしい限りであります。さらに、ここで再生産される飼料、肥料が韓国の焼き肉経済の活性化に貢献するということは、現下の厳しい経済事情の中で一層、輝くものであります。そしてソウルから全土への展開も考えられます。関係者各位のご努力に改めて感謝の意を表するとともに、更なる発展を祈念いたしましてご挨拶とさせていただきます」。

挨拶を終えて丸いステージの上でお辞儀をする市長に対し、参加者から惜しみない拍手が送られた。

ステージの後ろ側は白いカーテンで仕切られていたが、セレモニーが終わったところでカーテンが取り外された。立食用にアレンジされた各テーブルに料理、飲み物などが並べられ、コンパニオンが参列者の一行を向かえるために一列に並んでいる。

市長、具女史を始め日本側の参加者が特別テーブルにつき、他の参加者もいくつかに別れてテーブルに着いた。

趙市長から三国重工の荒井社長に、今後飼料化プロジェクトを水平展開する件についての質問がなされた。

「御社の飼料化システムは非常に素晴らしい。日本でも実績がたくさんあるのでしょう?」。

「はい、実は大都市よりもむしろ地方都市のほうが実績は多いのです」。

「そうですか。それはなぜなのですか?」。

「大都市におきましてはごみの焼却処理が進んでいまして、分別の徹底により可燃物と生ごみは清掃工場で焼却処理されます。その際に高温の排ガスが出ますので、電気などのエネルギー回収と、迷惑施設に対するケアということもあり、温水利用のプールや浴場を市民に利用してもらっています。

一方、地方都市は畜産農家も多く、また焼却施設も未普及なところもあり肥料、飼料化やバイオガス利用が拡大し、私どものシステムがかなり稼動しております。」

そう言って荒井社長は胸を張った。

「なるほど。ソウル市としてはごみの焼却と平行して飼料化やバイオガス利用を進めていきたいと考えてます。その節はよろしくご支援ください」。

その時、秘書が市長のところに歩み寄り、メモを渡してなにごとか言葉を交わした。市長はメモを見ながら軽く肯くと、具女史や日本側参加者に会釈して会場を後にした。

具女史が三塚のグラスにワインのボトルを傾けながら言った。

「今、市長は世界都市ソウルをどのように構築するかで奔走しています。たとえば世界の主要な都市にソウル館を設置する計画や、外国人専用の行政サービス窓口の開設、そして中小企業が海外市場に出て行く場合の支援などで政府との折衝が目白押しなのです」。

「そうですか。韓国は財閥系が経済の中心で来たのでしょうが、中小企業という裾野が広がることが大事ですからね」。

三塚は相づちを打った。

「ええ。日本や台湾などを手本にしながら、足腰の強い、そして海外にも充分通用する中小企業を活性化したいのです。そのためには、海外企業との技術提携や資本参加も積極的に進めなければなりません」。

「これからは、財閥系企業がなんでも内部に抱え込むのではなくて、得意分野は中小企業にアウトソーシングして行くのが時代のトレンドといえますね。日本は元々、専業の中小にアウトソーシングしてきたのですが、最近は系列という枠組みが崩れつつあります」。

三国重工の新井社長が話しに加わってきた。

「三国もいままで多くの系列企業を抱えておりました。八〇年代の右肩上がりの経済事情の時は多くの受注に生産が間に合わなかった。そのような時に下請けが早出、残業を厭わず頑張ってくれたんです。しかし、時代が変わりデフレ時代になり注文も激減しました。受注できても他社とのし烈な競争で値段はどんどん下がる。設備の稼働率が下がり赤字体質から抜け出せなくなる企業が続出しました」。

「私も内外の経済誌や日本のエコノミストや財界人から日本の経済界、特に製造業の不況やリストラについて話を聞きました」。

具女史は大柄の男たちに囲まれているので、外側からはよく見えない。

「このような時期に勝ち組みに残るには、いかに他社に対して差別化できるかが鍵になります。ヒット商品を生み出すには感受性、柔軟性、意外性、軽快さが大切です。たとえ企業規模が小さくとも、市場変化を予見する賢さを持つ者が勝利するわけです」。

「私ども韓国の産業界も小さくても付加価値の高い商品や部品を生産する企業の育成に力をいれているのです。最近、アメリカや海外でビジネスに成功した企業家達が大勢、本国に戻ってきているのは心強く感じます」。

歓談している内に予定の終了時間二時半となり、参加者が出口のほうに歩き出した。出口でコンパニオンが記念品を各人に手渡していた。

三塚はもらった品を少し歩いたところで開けてみた。見てみるとソウル市の中期事業計画のパンフレットや飼料化プラントから生産された、飼料、肥料のサンプルなど実務的なものばかりであった。

三塚は具女史や新井社長に別れの挨拶を済ませて、タクシー乗り場に向かった。

台風が進路を西側に変えたようで韓半島に近づいている。三塚が日本を発つ時は沖縄付近を東北方向に進んでいたのだが、東側の高気圧の勢力が日本列島を大きく包み込んだため、台風の進路が北側に押されて韓半島を直撃するものと予想された。

三塚はタクシーに乗り、愛子と待ち合わせたウォーカーヒルのシェラトンホテルへ向かった。ここはウォーカヒル・カジノでも有名なところで、韓国では釜山《プサン》、済州《チェジュ》にも同じグループのカジノ場がある。

三塚はあまり賭け事は好きでないが、時間が余った時など遊び程度に賭けたことも何度かあった。シェラトンに着いたが、愛子との待ち合わせ時間まで一時間半ほどあったのでカジノを覗くことにした。

ホテルの地下にあるカジノ場は夕方ということもあり、空いていた。三塚は入り口で二万ウォンほどをゲーム用のコインに変えて、スロットルマシンに向かった。コインを入れてスロットルレバーを引くと三種類の図柄が廻って行く。どこにでもあるマシンだが、大当たりすると一〇〇〇万ウォンに瞬時に換金できるので結構、面白い。

三塚は何回かのチャレンジをしたが大当たりはおろか、からっきし当たりが来なかった。最後のコインを入れてレバーを引こうとした時、背中を誰かが突ついた。振り返ると愛子が立っていた。

第十一章　旅立ち

愛子は珍しく、薄いすみれ色の夏服のチマチョゴリを着ていた。

「随分早いですね。まだ約束の時間まで一時間もあるのに」。

三塚は、微笑みながら聞いた。

「ええ。三塚さんがいらした会場に電話をかけたら、事務局の方が出てウォーカーヒルに車で出かけたとおっしゃったので。確か、三国重工の北川さんと言ってました」。

「そうか。北川さんから今日の夜は時間の都合がつくかと聞かれたので、シェラトンで友人と会う予定があるのでと断ったんですよ」。

「じゃあ私が電話したことで、三塚さんが誰と会うかが分かってしまったかしら」。

「いや、全く問題ないですよ。それより、ディナーの時間には少し早いのでお茶でも飲みませんか?」。

二人はホテルのロビーの横にあるティーラウンジに入った。

「愛子さんは、コーヒーでいいのかな?」。

「そうですね、暑いからアイスコーヒーをお願いします」。

二人はウェイトレスを呼んでアイスコーヒーを注文した。

三塚はしげしげと愛子を見た。

「愛子さんのチマチョゴリ姿は初めて見ましたよ。薄物だから涼しそうだね」。

「そうですか? でも見た目ほどは涼しくはないんですよ」。

チマチョゴリは一つの衣装のように思われるが、チマとチョゴリは別々の衣装だ。チマは一枚の布からなるスカートのようになったもので、胸からくるぶしまでの長いのが特徴で、チョゴリは上着のことである。

「その長い紐のことはなんていうの?」。

「これはコルンといいます」。

愛子は恥ずかしげに説明した。

三塚はちょっと気になったことを尋ねてみた。

「今日は愛子さんにとって、特別の意味があって民族衣装のチマチョゴリを着てきたのかな？」。

「それほどの意味はないのですけれど」。

愛子は一瞬ハッとした表情になったが、そう言って言葉を切った。

そして思い切ったように続けた。

「実は前にお話した韓生貿易の課長さんと、その後もお付き合いしているんです」。

なるほど、と三塚は思った。

「確か朴さんて言ってましたね。彼は今、どこで仕事をしてるんですか？」。

「これまでと同じエネルギー輸入部でＬＮＧ課長をしています。その点では三塚さんとも同業ということですね。

来週からインドネシアの国営石油公社であるプルタミナへ出張するって言っていました」。

「あなたも聞いてるかもしれないが、地球温暖化問題が世界的な取り組み課題となってきたので、クリーンなエネルギーとして天然ガスが高く評価されてきているんだ。韓国や台湾も、日本に続いて天然ガスの導入に積極的なんですよ」。

「韓国には天然ガスが出ないんで、海外から輸入しているって国順さんからききました」。

三塚はそこでちょっと愛子をからかってみたくなった。

「国順さんて朴さんの名前？」。

「ええ」。

愛子は恥ずかしそうに頬を染めた。しかし気を取り直して、三塚に尋ねた。

「天然ガスを輸入するには液体にしてタンカーで運んで来るんでしょう?」。

「そうなんだ。産ガス国で海底や陸のガス田からガスを取り出して、その中にある不純物を除いてから液化設備でマイナス一六〇度にまで冷却すると液化天然ガスに変わるんだよ。それを魔法瓶のようなタンカーで受け入れ基地に輸送するわけだ」。

「この間、二人でドライブに行った時に、仁川《インチョン》の受け入れ基地の側まで連れて行ってくれたんです。もちろん、基地の中には入らなかったけれど白色のタンクがたくさん見えたわ。それから海側の方に桟橋があって、大きなタンカーが入船していて、ちょうど液化天然ガスを受け入れているところだって教えてもらいました」。

「僕もよく仁川や平沢《ピョンテック》の基地には仕事で行ってますよ。

これから韓国の天然ガス消費は益々伸びて行くでしょう。最近の話題としてはロシアのサハリンに、膨大なガス田が見つかりエクソンやシェルなどのスーパーメジャーが開発に乗り出しているんですよ」。

「そうすると、韓国にもロシアからガスが来るのかしら?」。

「今、ふたつの開発が進められていて、サハリンから中国、韓国にパイプで天然ガスを送り、さらに日本の北海道から本州にもパイプラインを建設する国際プロジェクトが具体化しつつあります。もう一つは天然ガスを液化してタンカーで運ぶ計画も出ているんですよ」。

「三塚さんも関係しているんですか?」。

「当社も、日本の大手のユーザーにサハリンからのガスを受け入れ可能かどうかの打診をしている所なんですよ。でも十年も先のことなので、電力会社もガス会社もはっきりとした返事ができないのが実態ですね」。

三塚はアイスコーヒーにミルクとシロップを入れてから一口飲み、愛用のマイルドセブンに火をつけた。

「ところで朴さんとは友達なの? 恋人なの?」。

三塚は再び気になっていたことに話を戻した。

「どうでしょう。でも、彼と会っていると気持ちが華やぐし楽しいんです。はっきりとは言わないけれど、私に好意を持ってくれているのが判りますし」。

愛子は小さな声で答えた。

「それはハッピーな話じゃないですか。あなたも韓生貿易の社員だったし、事故にあったフィアンセと朴さんとのご縁もあるのだから。うまくいくといいですね」。

「でも、私のフィアンセだった金大志と、職場もパリの駐在も同じなので、彼と会っているとどうしても昔を思い出してしまうのが辛いんです。そして朴さんに対しても後ろめたさを覚えてしまう……。そのへんのところがすっきりしないと、その先に踏み切れないと思うんです」。

愛子はまだ深い迷いの中にいるのだった。三塚はなんとかその迷いから、愛子が抜け出せないかと思った。

「これは愛子さんの人生を変える転機を、神様が与えてくれたのかもしれない。あなたは前に一生結婚しないと言ってたけど、神様の好意を前向きに考えたほうがいいと僕は思うな」。

愛子はなにも答えなかった。

「おっと、そろそろ予約した時間だ。レストランの方に行きましょうか」。

三塚は立ち上がって勘定を済ませ、二人で一階上のレストランに向かった。入り口のフロント係が二人を予約テーブルまで案内した。今日はアメリカサーカスのディナーショーで、すでにほぼ満席の状態だった。

二人がボーイにカリフォルニアワインの白を注文した時、舞台の裏側で猛獣の唸るような声が聞こえてきた。その中には象の雄たけびのような声も混じっている。調教師か何か判らないが、何人かの騒ぎ声とガシャガシャといった金属音もする。

二人は運ばれてきたワインで乾杯した。

ワインはヨーロッパが中心と言われているが、カリフォルニア産もフルーティで飲み心地がソフトで悪くない。予約したディナーのコースは、アメリカンフェアということで、白いアスパラガスとポテト、ボイルトマトの前菜、メインディッシュは子牛のスモールステーキとストーンクラブとある。ストーンクラブは日本では石蟹というが、フロリダのマイアミ産が有名だ。通常は十月から五月がシーズンのはずで、半月ほど早い気がした。この蟹の爪はハンマーで叩いてレモンをかけて食べるが、白ワインとの取り合わせは絶妙だった。

「ストーンクラブは日本でもたまに食べるけど韓国では初めてだよ」。

三塚は、ステンレスの大皿に盛られたストーンクラブを指差しながら愛子に言った。大きな鋏はすでに割られていたので、愛子のとり皿にいくつかを分けて、半切れのレモンも添えた。レモンでなく、添えてあるドレッシングをつけて食べるのもいい。

「あら、美味しい」

ひとくち食べて、愛子は歓声を上げた。

「ストーンクラブは時期的にまだ早いと思ったけれど、これは身が詰まっていて、本当に美味しいわ」。

「それは良かった。それではすばらしいストーンクラブと、愛子さんの前途を祝してもう一度乾杯しましょうか」。

三塚は少しおどけて言ったあと、今度はまじめにこう続けた。

「あなたが決断することだけど、結婚については前向きに考えた方がいいと思う。亡くなったフィアンセにとっても、自分のためにあなたが結婚しないのは本望ではないはずですよ。さぁ、それでは、乾杯!」。

愛子は泣き笑いのような顔で、グラスを持ち上げた。

その間、舞台裏ではまた猛獣の唸り声が一段と激しくなり、各テーブルにいるお客も不安な表情をしている。

「どうしたのかしら。サーカスの時間が過ぎているのに幕が開かないですね」。

愛子は舞台の方に眼をやった。

しかしそうこうしている時、幕が上がり始めた。そして黒のタキシードに、白いネクタイと赤いポケットチーフをうまくコーディネートした長身の男性がマイクを持って表れ、観客に向かって一礼した。自己紹介によれば、彼は韓国人で、ここの支配人だということであった。

「ご来場の皆様、当ホテルではアメリカンフェアを、今日から三日間の予定で開催する計画でございます。アメリカ産の美味しい料理とワイン、各種のドリンクをご用意しておりますので、たっぷりと満喫していただければ幸いです。

そしてここで、皆様にお詫びを申し上げなければならない事態が起こってしまいました。実は本日、アメリカのフロリダで活躍している猛獣サーカスを予定していたのですが、今しがた団長から、猛獣が興奮していて芸を行うのは危険との申し出がありました。その話によりますと、一昨日まで台湾の高尾でサーカスをしておりまして、昨日の昼前に船で台湾を出港して夜遅くこちらに着いたのですが、皆さんご承知のように今、台風が台湾をかすめて韓国方面に向かいつつあります。運悪く猛獣達を運んだカーゴが、大荒れの海の中で激しい揺れが数時間続いたため、船酔い状態になってしまったようです。特にライオンとゴリラの状態が酷く、いまだに回復しておりません。私どもも大変残念で申し訳なく思う次第ですが、本日のサーカスは取り止めとさせていただきます。そしてお詫びといってはなんですが、階下のカジノで遊べるチップを五万ウォン分交換できる引き換え券をお客様にお渡しいたします」。

なかなか、乙な計らいをすると、三塚は思った。

「猛獣も船に揺られると船酔いするのかしら？」

「犬や猫などのペットが、揺れる橋を渡れないで震えているのをテレビで見たことがあるけれどね」。

かなりの客は食事も終えて帰り出していた。

「サーカスは取り止めになったし、我々もカジノでも覗いてみましょうか。さっき入り口でスロットルマシンで遊んだばかりですけどね」。

そしてレストランを後にして地下のカジノに向かった。

フロントでもらった二人分の引き換え券を渡すと、五〇〇〇ウォンチップが二十枚戻ってきた。

カジノは手前から中央に数十台のルーレット、それからブラックジャックやバカラなどのコーナーがいくつかあり、一番奥の方にバーがある。

三塚は愛子と、ルーレットのサイドに並んでプレイすることにした。隣にはアラブ系の男性達が何人かいたが、その内の一人は他の男性と違ってなんとなくリッチな感じがした。そして三塚は彼とどこかで会っていると思った。たしか仁川のオリンポスホテルのカジノではなかったか？あそこのカジノはここと同じパラダイスグループでここよりも早くオープンしている。その時も彼はかなり勝っていたことを思い出した。他のアラブ人は彼の取り巻きなのだろう。韓国女性のディーラーが象牙の玉をスローイングすると、プレイヤーは自分達の好きな数字にチップをかけていく。三塚はそのアラブ人がかなりのチップを集めているのを見て、彼と同じところにチップをかけ、その周囲にもチップを置いた。ルーレットの回転スピードが緩やかになり始めた。

「Ｎｏｂｏｄｙ　ｓｅｔｓ　ｙｏｕｒ　ｃｈｉｐｓ！（もうこれ以降、チップを置いてはいけない）」。

ディーラーがストップをかけると、皆、玉がどこに止まるかを見守った。

「赤の一六番」。

女性ディーラーの声がするのと同時に、愛子が三塚の背中を叩いた。ドンピシャリだった。アラブ人の客達も歓声を上げた。ディーラーは表情を変えることなく、当ったチップとそれ以外のチップを手際よく仕分ける。そして三塚達のところに沢山のチップが戻された。

「何倍になったのかしら？」。

愛子は戻された色とりどりのチップを見て、三塚に聞いた。

「かけたのが五万ウォンで、その内の三万ウォンが三六倍、そして二万ウォンが十六倍だから一四〇万ウォンですよ」。

「すごいわ！　でもどうしてあのアラブ人のところにのったんですか？」。

「彼とは以前、オリンポスホテルのカジノで会ったことがあるんですよ。その時もかなり勝っていたので、ルーレットの腕前がいいと思っただけ。ルーレットは客とディーラーとの勝負だから、ひょっとするとディーラーが彼に位負けしたのかもしれませんね」。

「こんなにたくさんのルーレットがあるのに、ここをどうして選んだのかしら？」。

「これは僕の推理だけど、オリンポスホテルが二年前にカジノをオープンしているから、ウォーカーヒルには向こうでやっていたディーラーが来ているはずだ。その内の一人が彼女だったのではないかな。だから彼は彼女と対戦してたことがあって、勝ったのかもしれませんよ」。

三塚が愛子に話している間に、ディーラーがチェンジした。

その後、二人はルーレットを離れてバーに寄った。バーのボーイにキールを頼み、周りを見渡すと、先ほどのアラブ人一行がコーヒーを飲みながらこちらの方を見ている。プレイをしていた男が三塚の方に軽く会釈をしながら近づいてきた。

「先ほどはお互いに良い思いをしましたね」。

男は三塚に話しかけてきた。

「あなたのお陰で勝たせてもらいました。実はあなたとは以前、仁川のオリンポスホテルにあるカジノでお目にかかったことがあるんです」。

「そうでしたか。私も、あなたとはどこかでお会いしたような気がしたのですが。そうでしたね。それではあらためて。私はエイラットと申します。ヨルダン出身ですがイスラエル人です」。

エイラットは礼儀正しく挨拶をした。

「私は三塚と申します。日本のエネルギー商社に勤めています。こちらは李さんといいまして、古くからの友人です」。

エイラットは二人と握手を交わして、ボーイにシーバスリーガルのオンザロックを注文した。

「韓国にはカジノが十三カ所あるそうですが、その内の六カ所でプレイしたことがあります。でもここはいいですね。韓国の人も遊べますしね。

そういえば日本はまだカジノが認められていないのでやったことはありませんが、パチンコはしたことがありますよ」。

「カジノのゲームでは何が好きですか?」

愛子がエイラットに聞いた。

「そうですね、私はルーレットが一番好きですね。

実は私、事業としてカジノを経営しているんです。ヨルダンのエリコという町でオアシスというカジノを共同経営しています」。

「エリコはパレスチナ自治区ではありませんか。確かイスラエルとヨルダンが領有権を争っている地域ですよね」。

三塚は行ったことはないがCNNやBBCなどの放送で、大きなニュースとして報道されるので知っていた。

「そうなんです。でもカジノは多くのイスラエル人で賑わっています。安息日前などは外に行列ができるほどです。そして最近、トルコのカジノが閉鎖になったので、エリコにイスラエル人が流れてきたことも関係しています」。

「ではプロ中のプロというわけですね」。

三塚は驚いてみせた。

「いえいえ、それほどでもありません。しかし先ほどの女性ディーラーはオリンポスの時に、見習いで先輩の後ろで修行していたのです。ですからまだそれほどの腕ではないとふんでプレイしたんです。これもゲームをする際には大事なことです」。

「なるほど、勝負に勝つには馬を見よ、ですね」。

三塚は相づちを打った。

「実は韓国でもこちらの実業家に共同でカジノをやらないかと言われてまして、今回もその件で来ているのです」。

「具体的な場所はどこですか？」。

「ワールドサッカーの会場となる仁川が有力です。今、仁川には三つ星以上のホテルは三館しかありませんので、市をあげて高級ホテルの建設誘致を図っています。そしてサッカードームを建設中ですが、これは帆掛け舟をイメージした五万人以上入る円形ドームです。この側にカジノつきホテルを検討しております」。

「そうですか。仁川の永宗島《ヨンジョンド》には国際空港ができますし、W杯で海外の人達が大勢来られるので場所としても良いですね」。

こうして三人がカジノ談話を楽しんでいた時、愛子の携帯電話が鳴った。

「もしもし李ですが」。

愛子はいささかきまり悪そうに三塚を見た。電話からかすかに声が漏れ聞こえた。

「国順です。愛子さん、今何処にいるの？」。

「前に話したことのある大国エネルギーの三塚さんと一緒で、ウォーカーヒルに来ています」。

三塚は気のないそぶりで、愛子を窺っていた。

「ああ、戒厳令の夜に助けてもらったり、先輩が亡くなった後も君を勇気づけたりしてくれている日本の商社マンでしょう。僕のことについても相談しているの？」。

「ええ。それにあなたの仕事にも関係があるみたいよ」。

「大国エネルギーは、僕が担当しているＬＮＧでは先駆者だよ。三塚さんはうちの会社の副社長と何度かビジネスで会っておられるようだ」。

「そうだったの。三塚さんは韓生貿易と仕事の接点があるなんて、私にはなにも言わなかったわ」。

たぶん、爆破事件で亡くなった金のことを、思い出させたくなかったからだと、愛子は心の中で思った。

「ところで、明日の土曜日だけど夕方、時間はある？」。

「ええ、大丈夫です」。

「それじゃ南山公園のソウルタワーの下で、六時でどうでしょう。ロシアに行っていてプレゼントを買ってきたので持っていきます」。

「なにかしら？　楽しみにしています」。

「それでは明日」。

朴は電話を切ろうとした。

「ちょっと待って。三塚さんと話してくれませんか？」。

愛子が三塚に携帯を渡した。突然のことで、三塚はとまどいつつも、電話を受け取った。

「もしもし三塚と申します。李さんからあなたのお話は伺っています。韓生貿易のＬＮＧ課長だそうですね。私も何度か御社の役員の方と、国際エネルギー会議や展示会でお目にかかったことがあります」。

「はじめまして。私、朴国順と申します。三塚さんのお名前は、当社の副社長の全からも伺っています。今日のテレビニュースで蘭芝島《ナンジドウ》の飼料化プラントのオープニングセレモニーを見たのですが、テープカットに三塚さんがソウル市長と並んで出ておられましたね」。

「ええ、今日のお昼にセレモニーがありまして、日韓共同のプロジェクトが完成したのを記念したものです」。

「夕刊の新聞にも大きく取り上げられておりました。三塚さんがコーディネーターだと書いてあり、三塚さんが韓牛カルビの救世主だという、具玉子先生の談話が載っていました」。

「いいえ、このプロジェクトは韓国と日本の〝虹の架け橋〟でできたのです。協力していただいた方々は二〇〇人を超えています」。

「私、愛子さんとの交際も一年近くなりますが、いつも愛子さんはあなたのことを尊敬していると言っております。今後、私達二人のことについても、色々と相談に乗ってください」。

朴は声に力をこめた。

「先ほども李さんに話したのですが、人と人との繋がりは出会いがなければ前に進めません。出会いは偶然でもあるし必然でもあります。おふたりの出会いは必然の結果ではないのかと、勝手に思ったりしています」。

三塚は静かに答えた。

「はい、私も何かの因縁を感じております。これからお互いいろいろと話し合ってみようと思っています」。

「そうですね。私もなにかできることがあればお手伝いいたしますが、お邪魔虫にはなりたくありませんからね」。

朴は小さく笑った。

「それではまたいつか」。

そう言って三塚は携帯を愛子に返した。

その後、カジノを出たところで愛子は、三塚に言った。

「私も真剣に将来のことを考えてみます」。

「そうだね。しばらくあなたとは会わない方がいいかもしれない。お二人に進展があったら知らせてください」。

そう言い交わして、二人は別れた。


翌日、三塚は午前九時のＪＡＬで金浦《キンポ》空港を発ち、昼前に成田に到着した。三塚が部下の佐々木に電話をかけると、入社四年目になる山下が出た。

「三塚だが、佐々木課長はいるかな？」。

「部長お帰りなさい。あいにく佐々木課長は来客中ですが、いかがいたしましょうか？」。

「それじゃあ、佐々木課長に空いたら僕の携帯に電話をくれるように伝えてくれるかな。今、成田に着いたところなのでこれからタクシーで会社に戻るよ」。

「解りました。で、あちらはいかがでしたか？」。

「うん、セレモニーはソウル市長も出席して盛大だったよ。とにかく韓国の関係者はほとんど列席して感謝の意を表してくれた」。

「部長は本件の立役者ですから。それと日々新聞の夕刊に大きく取り上げられていましたのでコピーしておきました」。

「それはどうもありがとう。それじゃあ、よろしく」。

三塚はタクシーに乗って新宿に向かった。昼時のためか道は空いている。これなら二時前には社に着くだろう。三塚は背広から手帳を取り出して今日と来週のスケジュールに眼を通した。

（そうか、来週の月曜日は経営会議で今回のプロジェクトの総括報告をすることになっているんだ。戻ってから数枚に纏めておくか）。

そんなことを考えながら、三塚はタクシーの窓から外の景色に眼をやった。まだ残暑が厳しくこのところ雨も降ってないため、木々の葉っぱも多少萎えている感じだ。

その時、携帯が鳴った。

「はい、三塚ですが」。

「部長、佐々木です。今朝、脇田専務がこちらに来られて、三塚さんが戻ったら会いたいとおっしゃっていました。何時ごろお戻りですか？」。

「そうだな、道は空いているから二時頃には戻れると思うけど。ただ、昼飯を食べてないんで専務には三時頃と伝えてくれ」。

「解りました。たぶん、中国のエネルギービジネスのことではないかと思いますが」。

「解った。それじゃのちほど」。

第十二章　新たなる挑戦

三塚が社に戻ると、佐々木と山下が立ちあがって挨拶をした。

「部長、さっそくですが時間ですので脇田専務の部屋に行っていただけますか？　ちなみに私も同席するように言われているのですが」。

「解った。あぁ、山下君、これ韓国のお土産。皆で食べてくれ」。

三塚は空港の免税店で買ったクッキーとチョコのお菓子を山下に渡して、佐々木と一緒に二七階の専務室に向かった。

「ただ今、戻りました」。

「あぁ三塚君、ご苦労さん。本来なら僕も行かなければと思っていたんだが、どうしても外せない案件があってね。で、準備やセレモニーはどうだったかね」。

脇田専務は勢い込んで尋ねた。

「はい、ソウル市長や具女史、それに関係者一〇〇人ぐらいが参列しました。日本側は三国重工の荒井社長、中村常務、そして三友物産の吉岡専務、石川支店長など十五人ほど出席しました。私は具女史たっての依頼もあり、テープカットにも市長達と一緒に参加した次第です。プラントのデモも三国のエンジニアが数日間の試運転で調整してあり、完璧でした」。

「それは良かった。ビジネスベースで考えても、かなりの事業収益が期待できるし今後の拡大もありそうだ。有望だな」。

「そうですね。市長も大変感激してまして、この方式をソウル市の全域に広げるとともに、韓国市長会議で報告したいと言っておりました。ですから当社も三国重工、三友物産とのコンソーシアムでビジネス展開して行きたいと考えます」。

「本件は君の方から来週の経営会議で報告してくれたまえ。今後の見通しと資金計画なども含めて審議してもらおうと思う」。

「解りました。ところで私にお話があると伺ってますが」。

「そうなんだ。君にばかり負担をかけて申し訳ないんだが、中国のエネルギービジネスが大きく動きそうなんだ」

そう言いながら脇田は数枚のペーパーを三塚の前に差し出した。ペーパーは英文と日本文の両方で書かれており、右上に赤でコンフィデンシャルの印が押されている。そしてドラスナー銀行の香港支店とファイナンシャル・アドバイザーのサインがしてあった。

「ちょっと取引先の常務に電話をするので、その間に二人でレポートを読んでいてもらいたい」。

脇田は隣の執務室に入って行った。

レポートを読んでいくと、中国が抱えているエネルギー問題と今後の戦略が箇条書きで書かれている。

そして三年前に世界でも話題となった山峡ダムと水力発電の課題についてドラスナー銀行の見方を論じていた。

中国では現在、二〇〇九年完成を目指してダムの工事と発電所の計画が進められており、発電量は七〇万ｋｗの発電機が二四基で合計一八二〇万ｋｗになるが、これは中国全体の八％程度を占めることになる。この内十四基をドイツ、アメリカの重電メーカーが取り、残りは他の外国メーカーから技術を導入して、中国国内で生産するつもりらしい。しかし日本のメーカーは立案当時、ダムによる環境破壊と水没予定の約一八〇万人の住民感情などを意識して、政府として有利な条件を出さなかったこともあり、敗退した経緯がある。といって残りの十基について落札メーカーに依頼するわけにもいかない。そこで、敗退した日本の重電メーカーへの打診をドラスナー銀行に頼んできたという。ドラスナーとしては、以前からビジネス提携している大国エネルギーに重電メーカーの意向確認を依頼したい、ということであった。

三塚は読みながら山峡ダムの発電ビジネスを思い出していた。確か、九二年の全人代表会議で建設案が採決されたのだが、大会出席者の三分の一以上の反対や棄権票があった。全人代表会議でこれほど多くの反対があるのは、当時としては異例だった。また、一八〇万人の退去と、流域に生息しているヘラチョウザメや揚子江カワイルカといった、世界的に貴重な水生生物が絶滅する可能性もあるといった反対運動が世界各地で起こった。さらに、巨大なダムはテロ活動の標的になる危険が大きい。このような雰囲気の中で日本側は今ひとつ一枚岩の連合ができずに負けてしまったのだった。

当時の反対運動の主な主張というのは、ダムは格好のミサイル攻撃のターゲットになるという国防上の指摘、攻撃されてダムが決壊すれば、下流に住む何千万の人間が逃げ場を失い甚大な被害が出るといったものだった。また、文化遺産の歴史的建造物や遺跡が埋没してしまう危険もあった。さらに、上流の住民を移住させなければならないこと、かなり大量の土砂が流れ込んでくるので、処理を誤ると水力発電の能力がダウンしてしまうこと、特に、土砂の処理は大問題で長江の河の色を見ても物凄い土砂が流れてくることは容易に想像できるなど、枚挙にいとまがなかった。これで果たして長期的に中国の電力源として寄与出来るのだろうか、というのが言い分である。

レポートは次に原子力についてコメントしていた。

中国の原子力初号機は、浙江《セッコウ》省泰山の三〇万キロワットで九四年に商業運転を開始し、同時期に広東省大亜湾の九〇万二基が運転を開始した。当時は泰山に対して厳しい批判が先進諸国から起こった。それは、世界から部品を寄せ集めて作ったものだから、必ず事故を起こすという見方だった。実際に実地を視察した技術者は、同発電所は米国ウエスチングハウス社の完全なコピーであるが、西側の原発を安全面まで含めてコピーできるわけではないと指摘した。しかし、九六年十月に北京で開催された〝中国・EUエネルギー協力会議〟で、泰山・大亜湾両原発の安全性が確認され、二〇一〇年には二〇〇〇万から二五〇〇万Kw、二〇二〇年に四〇〇〇から五〇〇〇万Kwまで拡大する目標を掲げた。すなわち、現在の総発電量の一%から二〇二〇年には六%程度まで高まるとしている。そして多くの省や市が原発建設をエネルギー不足の解決と環境保護、さらに輸送力逼迫の緩和に寄与するとして国に建設の要求を出している。そして二年前の四月にIAEAの査察でも、中国の核安全管理体系は国際基準に達しているばかりか、国家核安全局が独自に採用している方法は、これから原発を導入する国の模範例とすることができる、と高い評価をしていた。

三塚は、中国が将来の電力需要の伸びが経済成長に伴って、二〇一〇年に三倍、二〇二〇年には四倍に増え原子力のウエイトが高まるが、使用済み核燃料が核兵器に転換される怖れがあり、それが日本への脅威となるのではないかという不安を覚えた。

〝中国は石炭を主体とする自給自足型が特徴であるが、大規模な陸上および海底の石油や天然ガス開発が実現しない限り、この構造は今後とも持続すると考えられる。しかし、環境問題の制約もあるので海外から石油や天然ガスの輸入が増加するものと予想される。海外からの天然ガスはロシアからのパイプライン並びにＬＮＧ基地の建設が進むであろう〟

レポートはさらに、こう続いていた。

三塚がレポートを途中まで読んだ所に脇田が戻ってきた。

「いやぁ、すまんすまん。電話が長引いてしまって。で、三塚君レポートは読んだかね」。

「ええ、だいたいのところは。ドラスナー銀行が当社に期待しているところはまだ読んでないのですが」。

「中国のこれからのエネルギー状態は相当、逼迫するので新規のエネルギー開発が必要になる。その目玉は原子力と天然ガスだ。山峡ダムの水力は、話題は多いけれども二〇一〇年の電力のたかだか三％に過ぎないし、長期的には土砂の浚渫次第では戦力ダウンになってしまう」。

「とすると、水力の増強ではとても、増大する電力を賄うことはできず、そうかと言って原子力の伸びも他国よりも急速な増加ですが二十年後でせいぜい六％程度とすると、やはり、石炭と天然ガスに頼るしかありませんね」。

三塚は脇田が言わなかったが石炭の可能性を投げかけてみた。

「そうなんだ。おそらく大都市は環境問題もあるし、国内外の観光客を呼び込む意味でも天然ガスを主体にした電源立地を進めるだろう。しかし、地方や中小都市は、石炭のウエイトが高くなっていくのではないだろうか」。

「つまり、三峡ダムの水力や原子力は、スローガンとしての大型案件なので海外企業が群がってくる。そして欧米などは首脳外交という名目で中国要人と顔を合わせる。そこで、政治的な決着を期待するということですね」。

「そうなると日本のポジションは弱いから、ODA案件でも取れないケースが多くなるんだ」。

「それで、ドラスナーはなんて言ってるんですか?」。

「アナリストは日本のODA対象を環境、安全に資する案件を中心にすべきで、山峡や原子力は欧米に任せて、天然ガスに絞ったビジネスとODAのパッケージ戦略をリコメンドすると主張している。石炭火力は環境面を充分配慮したシステムでない限り、ODA対象から除くべきだとも言っている。そして具体的な案件としてシンセンのLNG基地建設と輸送パイプライン計画が承認されたので、国際入札にかけることになった。ドラスナーは我々にコンソーシャムを組んで応札しないかと言ってきている。筋としては悪くないと思うが」。

「私も同感ですね。天然ガスで、しかも液化天然ガスが中心になるのなら、日本の経験やノウハウが充分活かせます」。

「そこで君たちに頼みたいのだが、アライアンスメンバーを早急に決めてもらいたい。そして、ドラスナー銀行とはファイナンシャル・アドバイザー契約をするように。中国はご承知の通り、人知の世界でもあるので中国系の公司との連携も必要だ。予めドラスナーを通じて、めぼしい所をピックアップしておいた」。

脇田は提携可能な企業リストを三塚に渡した。リストには国営の公司が半分で、残りは民間企業となっている。中国海洋公司、中国石油開発公司、中国天然ガス公司、香港ガス、中国何々など、北京や上海に本店を構える大手企業のリストとともに受注実績、政府とのコネクションなどの情報もセットになって書かれている。

「中国系では中国海洋公司とは以前のマレーシアでの天然ガス開発プロジェクトでアライアンスを組んだことがありましたので、気心も知れていますが、政府とのコネクションでは強いと言えるのでしょうか？」。

「天然ガスといっても液体天然ガスだから、タンカーで運ぶのが前提だろう。従って、海上輸送にも強いところが優位に立つのではないかと思う。中国海洋公司に他の競争者が働きかけているかどうかを調べてもらいたい」。

「解りました。このスケジュールではビッドまで三カ月しかありませんので、三週間以内にコンソーシャムメンバーの確定をします。あとは現地調査が一週間、ドキュメントのまとめに一カ月、積算と札入れ価格の決定に三週間という所ではないでしょうか。残りの数日は予備日にします」。

「さすが三塚君は慣れているね。それでは社内の必要メンバーは君に任せるので至急、取りかかってもらいたい。不足の点があったら私に言ってくれ」。

三塚と佐々木は自分の席に戻るとドラスナー銀行のレポートを再度チェックして、要点をまとめてみた。

「三塚さん、シンセンのプロジェクトは総額どの程度のものになるんですか？」。

佐々木は年間三〇〇万トン規模の基地と二五〇キロメートルの高圧パイプラインの投資額が、いったいどの程度になるか皆目検討がつかないという顔つきで三塚に聞いた。

「そうだな、日本だったらLNG基地で二〇〇〇億円、パイプは一二〇〇から一五〇〇億円だろう。しかし、中国だと安全係数の取り方や交通規制などの工事期間の短縮、低廉な人件費等を勘案すると基地で八〇〇億、パイプで三〇〇億前後じゃないかと思う」。

「随分、日本と違いますね。そうすると、競争に勝つには一〇〇〇億を切るかどうかがポイントですね」。

「それと、ＬＮＧの玉をどこから買うか、そして輸送を誰がやるかによって全体のプロジェクトの採算性に影響してくる」。

「ＬＮＧの玉はどうするんですか」。

「おそらくメジャーが、自分達で手がけている玉をオファーするだろう。ただし、あまり安いオファーを出してしまうと日本側からも価格下げの要求が出てきてしまうので、痛しかゆしのところだろう」。

「私達が日本の電力会社やガス会社との輸入代行業務でコミッションを貰っているのも苦しくなるかもしれませんね」。

「そのとおり。メジャーは競争が厳しくなれば我々にコミッションフィーの削減を要求してくるだろうし、我々をカットしてくるかもしれない」。

「先行きエネルギーの輸入代行業務は明るくないですね」。

「だから、今回のようなプロジェクトへの応札も開拓して行かなきゃならないんだ。そして場合によってはＢＯＴ（自ら設備を所有して運転や維持管理を行う事業）を展開していくべきだ。ただ、カントリーリスクを考えなければいけないけどね」。

「中国だとどんなカントリーリスクがありますか？」。

佐々木はどんどん身を乗り出してきた。

「まず、政府の方針が振れるリスクがある。外資の事業にかける税を始め、生産物に対して国内と輸出の規制、稼いだ利益の処分に対する規制などがある。それから事業性のリスク、性能保証や建設リスクなどが考えられる」。

「LNG基地やパイプラインのようなインフラ施設にはテロ攻撃の対象となることもあり得ますね」。

宗教的な対立は政府が押さえ込んでいるものの、チベットのような独立紛争もあり火種は燻っている。社会主義市場経済を進めているが、貧富の差の広がりや九億とも言われている農民の貧しさがWTOの加盟後にどうなるかも気がかりだった。

「社内メンバーをどうしましょうか?」。

「今日から入札までの実行スケジュールを至急、まとめてもらいたい。まず、僕がプロマネをやる。君はサブマネージャーとして僕をアシストしてくれ。社内メンバーとしてLNGエンジニアリング部、資金部、原料部、企画部の中堅と若手を集めてもらいたい。各部の部長には僕から趣旨説明とお願いをしておく。それから我々で中国の企業も含めたパートナーを至急固めたい」。

「了解しました。さっそく、仕事に取りかかります」。

三塚は、関係する部の部長のアポイントをとるよう佐々木に頼んだ。

三塚は席に戻り、出張中に来ていたメールや電話メモを見ると、八件ほどの用件が入っていた。急ぎは一件だけだったが、それは旧友、佐久間の訃報だった。

メールは高校時代の近藤からのもので、佐久間は急死し、すでに親族のみで通夜を済ませてしまったとあった。

佐久間とは都立の高校時代の三年間と、大学も学部は違うが一緒だった。去年の暮れのクラス会でも会っているし、お互いクラス会の常連メンバーだったので急死の知らせはショックだった。佐久間は大学時代に腎臓を患い、自分が希望していた大手ゼネコンを諦めて大学院に進み、運輸省にキャリアー技官として活躍した男だった。その後、大学の教授を五年ほど務め、民間の道路会社の役員としてスタートを切ったばかりだった。

来年は、新入社員として佐久間の息子が大国エネルギーに入社してくる。

（残念だ。身体が悪いとは聞いていたが、こんなに早く亡くなるとは）。

三塚は佐久間の自宅に弔伝を依頼した。

「部長、原料の永井部長が四時にお待ちしているそうです。企画の三谷部長は五時、ＬＮＧエンジニアリング部の新井さんは五時半でアポイントが取れました」。

三塚の電話が終わったのを見計らって、佐々木がアポを伝えた。

「どうもありがとう。資金部の近藤部長には、佐々木君から説明させてもらうことを伝えておく」。

永井とは同期で、これまでも海外ビジネスでは何度も一緒に出張しているし、気心も知れている。十四階の彼のところに行くと、デスクの前のテーブルで部下達と打ち合わせをしているところだった。

「忙しそうだね。またにしようか」。

三塚は、永井が資料をボールペンで修正しているのを見て言った。

「やぁ、三塚、韓国のプロジェクトは大成功だそうじゃないか。日本の新聞にも載ってたし、民放テレビでもセレモニーが報道されていて、君がソウル市長と一緒にテープカットしている場面が出てたぞ。いつ帰ってきたんだ?」。

「いや、さっきだよ。空港から電話したら、脇田専務が至急話したいことがあるというので社に直行したって次第だ」。

「ところで用件とは?」。

「うん、中国のLNGビジネスが動きそうなんだ。そこで、至急当社内に関係部の応援を戴き、プロジェクト体制を整えなければならない。いま考えているのはうちの部を事務局にして原料、企画、資金、エンジニアリング部からメンバーを出してもらいたいので、説明とお願いに廻っているというわけだ」。

「そうか中国がいよいよLNGを導入する時代がきたか」。

永井は感慨深げだった。

「原料部としても一大市場となる中国のエネルギー情勢が我々のLNGにも大きく影響するのは間違いない。LNGは買手市場から売手市場に変るかもしれないんだ。ただ、天然ガスの開発は東南アジアを始めオーストラリアや中東、カスピ海周辺を始め物凄い勢いで進められているので十年ぐらいは値下げ傾向だと思うがね。それからさきは強含みになるだろう」。

三塚はドラスナー銀行のレポートについて要点を説明するとともに、人選を依頼した。

「了解した。明日にでもメンバーを佐々木君に知らせるよ」。

次に訪ねた企画部の三谷部長も、その次のエンジ部の新井部長も三塚の説明と依頼に対して極めて協力的だった。

自分のデスクに戻ると六時近くになっていた。その後、佐々木との詳細打ち合わせや外部との連絡でかなり立て込んでいたが、一方、佐久間の死が三塚の心の中でやりきれない思いとして深く突き刺さっていた。

「遅いけど少し付き合わないか」。

一段落ついたところで佐々木を誘った。

夜の新宿はまさに不夜城だ。三塚と佐々木が一緒に馴染みの店に行くと先ほどの部長連中も来ていたが、二人はあえて離れた端のカウンターに腰をおろした。

「部長、お疲れなのに大丈夫なんですか」。

佐々木は、三塚があまり元気ないのを見て、心配顔で聞いた。

「いや、実は昔の仲間が死んだという知らせが届いたんだ。四日前に内輪で葬儀を済ませたそうだが。まだ五十歳だというのに若すぎるよ。だから彼の冥福を祈って飲みたくてね。君にはつき合わせてしまってすまないが。

実は彼の息子が来年、当社に入ってくるんだ。君の下で働いてもらおうかと思っているんで、よろしく頼むよ」。

「そうなんですか。うちの部も中国の案件や韓国の生ごみ飼料化プロジェクトなど目白押しですからね。人事部にも二人新人をお願いしていますから、大丈夫だと思います」。

三塚は水割りを何度も注文した。疲れていたが、酔えなかった。


三塚が自宅に戻ったのは午前を回った頃だったが、妻の美穂子は起きて待っていた。

「ぜんぜん連絡がないから、今日は帰ってこないのかと思ったわ。日本にいるのか韓国にいるのかも判らないじゃないですか。ちゃんと連絡してくださいね」。

美穂子の機嫌はあまりいいとは言えないようだった。

「悪い悪い。お昼に日本に着いたんだが、専務が至急来いというものだから、直行したんだ。その後も急な海外案件が飛び込んできててんてこ舞いしててね。しかもそのあとメールを見たら、佐久間が急死したという近藤からの知らせがあった。もう身内で葬儀は済ませたそうだ」。

三塚はさりげなく言った。

「佐久間さんが亡くなったんですって？　だって去年もクラス会に出てたって言ってたじゃない」。

美穂子も驚きを隠せないようだった。

「そうなんだ。なんでも巣鴨の実家に独りで泊まっていて、翌日、会社から役員会に来てないという電話が奥さんにあって、実家に行ってみて初めて判ったそうだ」。

「死因は何なの？」。

「彼も持病は色々あったんだが、心不全だったようだ」。

「あなたとは一番、親しくしていたのに」。

（そうだった。お互いの結婚式では司会もやったし、その後も家族ぐるみで付き合いが続いていたのに）。

三塚はまたあらためて思い出した。

「あそこは息子さんが二人いたでしょ」。

「そう。上の子は結婚して子供もいるよ。そして下の子が、なんとうちの会社に来年、入ってくることになったんだ」。

「あなたは知らなかったの?」。

「佐久間からは受かった後に僕に報せがきて、初めて知ったんだ。あいつらしいよ」。

美穂子もしんみりとうなずいた。

「あなたも若いうちならともかく、あんまり無理をしないで下さいね」。

そして子ども達の報告をした。

「麻衣子は調子もいいみたいで仕事に毎日、行ってるわ。なんでも新しい企画の準備で忙しいらしくて、今日もさっき帰ったところなの。優美子は相変わらずだけど、今の仕事を辞めたいとか言っているの。あなたからも聞いてくださいね」。

「解った。明日また早いのでシャワーを浴びて寝るよ」。

三塚が自分のベッドに入り、うとうとしていると美穂子が入ってきたような気がしたが、そのまま深い眠りに落ちていった。

第十三章　虹の彼方

三塚の中国ビジネスはここ三カ月の間、国際的なアライアンスのもとシンセンのＬＮＧ入札が間近に迫り、忙しい毎日が続いた。三カ月で六回の中国での交渉と、国内では大国エネルギーや三国重工、三友物産との調整やＬＮＧサプライヤー達との連携などが集中した。大国内の十四階会議室と隣の部屋はプロジェクト専用となり、いつも関係者が夜遅くまで作業を続けており、佐々木などは週に三日ぐらいはそこに泊まったりしていた。

デスクで仕事をしていると、三塚の携帯に呼び出し音が鳴った。

「はい三塚ですが」。

「ドラスナーバンクの林です。これまで競争相手の動きを調べていたんですが、メジャーのＢＰが有力との情報が入ってきました。ＬＮＧ基地のフルターン契約だけでなくＬＮＧ需給の鍬取りリスクも含める提案を出したようです。つまり、一定量のLNG契約で不足する時は別のLNGを手配し、余った時は仕向け地をBP側で変えるという好条件のようです」。

林は香港生まれの中国人だが、アメリカのスタンフォード大学でMBPを取り、ドラスナー銀行のドイツ本社で企業のM&Aやプロファイを経験した切れ者だ。今回のプロジェクトでもドラスナー側のチーフマネージャーを務めていて、三塚とは何度も議論してきた仲だった。

「解った。とすると我々の方も基地のフルターン契約だけではだめだな。LNGサプライヤーを入れるか、外部アライアンスを組んで中国側のリスクをできる限り低くする必要がある」。

「そうです。至急、LNGの上流を押さえているメジャーか日本の大手商社とコンタクトしてくれませんか。三友物産は残念ながらLNGでは後発ですので」。

時間が飛ぶように過ぎていく。国際電話、メール、ファックスなどのあらゆる通信手段を駆使して皆が忙しげに動く。

（大型プロジェクトの詰めに入ると、いつも戦場のようになるな。エネルギー会社は日本の動脈の仕事を担っているという自負もあるが、利益を追求しなければ生きていけないのも事実だ。今回の国際入札には是非とも勝ちたい）。

三塚は十二月の二五日の入札締め切りまで、あと一週間しかないので焦っていた。皆で出前の夜食を取った後、三塚はプロジェクトルームを出て自分の机に戻った。このところ、自分の机に座るのはほとんどなく、しかも昨晩シンセンと北京から戻ったばかりで、三日ほどメールを見る時間もなかった。椅子に深く腰かけ、マイルドセブンに火をつけた。

頭が一瞬ぼんやりとした。

この二十年間というもの海外ビジネスをずっと続けてきて、自分としては充実していると思っていた。しかし社会から本当に評価されているんだろうか。妻や子供達にとって夫としてまた親として責任と期待に応えられてきたのだろうか。そんな疑問がふと心に浮かんだ。

「三塚さん韓国からお電話が入っています」。

山下から声がかかる。

「はい、三塚ですが」。

「三塚さん、お元気ですか。具です」。

具女史からの電話だった。

「具先生、ご無沙汰しております。プロジェクトは順調と聞いておりますが、何かあったのですか?」。

「プロジェクトは極めて順調ですが、実はこの件で、議会でも取り上げられた例のスキャンダルが落着しましたのでお知らせしようと思いまして、お電話しました」。

具女史の声は弾んでいた。

「落着とは良い結論が出たということですか」。

「そのとおりです。野党幹部の全書記長は、よくスキャンダルを議会で採り上げる爆弾と言われる男です。市長選挙を控えて彼が、再選間違いなしといわれていたソウル市長を貶めるためのでっち上げを三流新聞に流したことが、調査委員会の調査で判りました。全書記長は、金大統領の次男にも未来重工からの賄賂について関与したとして検察庁に身柄を拘束されました」。

「そうですか。これで市長も具先生も疑いが晴れて良かったですね。日本側としてもやましいことは一切、行っていないことがはっきりしました」。

三塚もほっとした。

「三塚さんはこのところ韓国には来ないのですか？」。

「今、他のプロジェクトを担当しているのですが、お国の飼料化プロジェクトがさらに拡大することになればまた、一緒に汗をかかせていただくつもりです」。

「ソウル市長も私も、現在の十五カ所から南大門《ナムデムン》の魚市場を含め、さらに二十カ所の生ごみの飼料化を進めて行きたいと考えています。来年の市議会で提案することになると思います」。

「日本でも上野コリアン街に、多くの自治体が見学に来ております。良雄さんからの話では、見学者が多くなりコリアン街の売上もかなり増えているようです。また、川崎コリアン街からも引き合いがきております」。

「そうですか。まさに韓日両国の虹の掛け橋になりますね。ではお体に気をつけて」。

「ありがとうございます。先生もお元気で」。

どこか清々しい気持で、三塚は受話器を置いた。歯車はこれからも回り続けて行くのだろう。


ふと机の上に目をやると、書類に混じって一通の国際郵便物があるのを見つけた。封を切ると、李愛子の手紙と一緒に結婚式の招待状が入っていた。

手紙には、三カ月前に三塚と会った後、朴国順からプロポーズされ、真剣に交際してきたのが実って結婚することになったこと、十二月の二四日にロッテワールドホテルで挙式をするので三塚にも出席してもらいたいことなどが書いてあった。差出の日付は十五日になっていたが、三塚は中国に行っていたので行き違いになってしまったらしい。しかしいずれにしても、二五日はシンセンプロジェクトの応札日なので参列することはできないのだった。

いや、仮に時間があったとしても欠席の返事を出しただろう、と三塚は思った。

三塚は便箋に返事をしたためた。

……愛子さん、あなたが不幸を克服し、やっと掴んだ幸せを心から祝福します。

僕はあいにく中国へ出張しているので、出席できず申し訳ない。

あなたとは戒厳令の夜に出会った。そしてこれまでの時間の中で、あなたの人生には大韓航空爆破事件でのフィアンセの非業な死があり、そして運命的な朴さんとの出会いがあった。人は一生不幸せということはありません。もちろん、自分の努力も必要なのだけれど、それを天は見逃がしたりはしない。

また、韓国に行った時は連絡します。

ご主人とも一緒に祝杯でも挙げましょう……

三塚は同封されていた彼女宛の封筒に入れて、部屋の隅にある韓国行きのボックスに置いた。部屋の窓から外をみると不夜城の新宿のネオンが輝いている。予報どおり深夜から雪に変わっていた。

「今夜も帰れるのは何時になるのやら」。

独り言を言いながら、三塚はプロジェクトルームへと降りて行った。

完

あとがき（ロマンシリーズ第一弾）

日本が暗闇の中でもがいている。国際テロ、炭素菌、狂牛病、拉致と核の脅威等々、人の心の中にやりきれない閉塞感が蔓延している。そんな時、男女を問わず自分がヒーローやヒロインになってドラマを演じられたら明日への夢と希望が湧いてくるのではないか。

著者は国際ビジネスに係わってきた者としてこのようなドラマのシナリオを提供できればと思い本書を執筆した。人間にとって不可欠の食文化をめぐる各国の葛藤とそこに彩なす人間模様を隣国の韓国を舞台に展開して見た。困難に敢然と立ち向かう日本人ビジネスマン三塚拓也と戒厳令の夜に助けた悲劇のヒロイン李愛子との出会いと友情、韓国カルビ経済の復興をはかる実力者とのプロジェクト「コードネーム―レインボウ」の推進。そして日韓共同プロジェクトに暗雲をもたらすヨーロッパでの大事件。さらに在日朝鮮・韓国人との協力と家族との絆などを描いてみた。海外事情に明るい方は勿論、行きたいと思っている方、国際的な食文化やエネルギー問題に興味のある方、知的センスを磨きたい方、そしてエロ・グロ・バイオレンスに距離を置きたいと思っておられる方々は是非、ご一読を。

なお、ここに登場する人物や企業等については実在のものでは無くすべてフィクションであることを付言しておく。

著者

【筆者プロフィール】
葵　秀次（あおい　しゅうじ）
本　名　吉田　武治
1943 年　東京生まれ
1966年　早稲田大学理工学部卒。東京ガス株式会社入社。主に生産･企画･営業・開発部門を担当、途中外部団体並びにエンジニアリング会社の役員として経営戦略に従事。ここ数年はエネルギーの自由化を踏まえ電力ビジネスやサービスビジネスを担当。2004年3月にエグゼクティブを退任。現在は社団法人都市エネルギー協会会長、および中立的な非破壊検査の東京理学検査（株）社長。講演会・セミナー・シンポジウム等の講師としても活躍中。

虹の架け橋

2004 年　10 月　10　日　　第 1 版第 1 刷発行

著　者　葵　秀　次

発行者　高　橋　考
発行所　三　和　書　籍
〒 112-0013　東京都文京区音羽 2-2-2
TEL 03-5395-4630　FAX 03-5395-4632
sanwa@sanwa-co.com
http://www.sanwa-co.com/

印刷所／製本　株式会社廣済堂

ISBN4-916037-68-5 C0093

三和書籍の好評図書

<中国・国際紛争関係>

毛沢東と周恩来
〈中国共産党をめぐる権力闘争【1930年～1945年】〉

トーマスキャンペン著　杉田米行訳　四六判　上製本　定価：2,940円
“人民の父”と謳われる毛沢東と、共産党最高幹部として中国の礎を築いた周恩来については、多くの言説がなされてきた。しかし多くは中国側の示した資料に基づいたもので、西側研究者の中にはそれらを疑問視する者も少なくなかった。
本書は、筆者トーマス・キャンペンが、1930年から1945年にかけての毛沢東と周恩来、そして“28人のボリシェヴィキ派”と呼ばれる幹部たちの権力闘争の実態を徹底検証した正に渾身の一冊である。

尖閣諸島・琉球・中国
【分析・資料・文献】

浦野起央著　A5判　上製本　定価：8,400円
日本、中国、台湾が互いに領有権を争う尖閣諸島問題……。
筆者は、尖閣諸島をめぐる国際関係史に着手し、各当事者の主張をめぐる比較検討してきた。本書は客観的立場で記述されており、特定のイデオロギー的な立場を代弁していない。当事者それぞれの立場を明確に理解できるように十分配慮した記述がとられている。

日中関係の管見と見証
〈国交正常化三〇年の歩み〉

張香山　著　鈴木英司訳　A5判　上製本　定価：3,360円
国交正常化30周年記念出版。日中国交正常化では外務顧問として直接交渉に当られ日中友好運動の重鎮として活躍してきた張香山自身の筆による日中国交正常化の歩み。日中両国の関係を知るうえで欠かせない超一級資料。

徹底検証！日本型ＯＤＡ
〈非軍事外交の試み〉

金熙徳著　鈴木英司訳　四六判　並製本　定価：3,150円
近年のODA予算の削減と「テロ事件」後進められつつある危険な流れのなかで、平和憲法を持つ日本がどのようなかたちで国際貢献を果たすのかが大きな課題となっている。非軍事外交の視点から徹底検証をした話題の書。

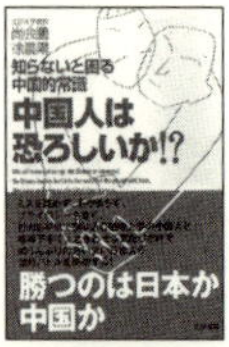

中国人は恐ろしいか!?
〈知らないと困る中国的常識〉

尚会鵬　徐晨陽著　四六判　並製本　定価：1,470円
喧嘩であやまるのは日本人、あやまらないのは中国人。電車で席をゆずるのは中国人、知らんぷりするのは日本人……。日本人と中国人の違いをエピソードを通して、おもしろく国民性を描き出している。

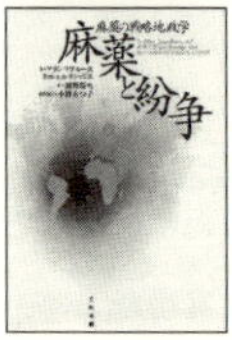

麻薬と紛争

アラン・ラブルース　ミッシェル・クトゥジス著　浦野起央 訳
B6判　上製本　定価：2,520円
世界を取り巻く麻薬の密売ルートを解明する。ビルマ（ミャンマー）・ペルー・アフガニスタン・バルカン・コーカサスなど紛争と貧困を抱える国々が、どのように麻薬を資金源として動いているのかを詳細に分析。